艦隊これくしょん —艦これ—

とある鎮守府の一日

著：椎出 啓・鷹見一幸・銅 大
協力：「艦これ」運営鎮守府

角川スニーカー文庫

18583

艦これ《艦隊これくしょん》 とある鎮守府の一日

目次

CONTENTS

本作は、月刊コンプティーク2014年1月号～3月号、5月号に
掲載した短編を加筆修正し、書き下ろし短編を加えたものです。

口絵・本文イラスト／こるり
口絵・本文デザイン／福田功（imagejack）

第1話　鎮守府の一日

◎午前五時

鎮守府《ちんじゅふ》の朝は早い。

午前五時。早春の空は夜の顔をしている。

水平線と空の境界線は夜の暗闇《くらやみ》に溶《と》けて曖昧《あいまい》なまま、鎮守府湾《わん》の湾口《わんこう》に延びる防波堤《ぼうはてい》の先にある航路標識の赤い点滅《てんめつ》以外に見えるものは無い。

動くものと言えば、埠頭《ふとう》に打ち寄せる波頭《なみがしら》の白い線だけだ。

その、夜明け前の暗闇の中に静まり返った鎮守府の埠頭に、小さな足音が響《ひび》き、岸壁《がんぺき》の一角を照らし出している作業灯の光の中に人影《ひとかげ》が現れた。

背が高い、高校生のような制服を着た娘《むすめ》が二人。背の低い、中学生のようなセーラー服を着た娘が四人である。彼女たちは艦娘《かんむす》。海戦では勇ましい彼女たちも、陸の上では普通《ふつう》の女の子だ。

「おーっし。チビども、そろってるなー。点呼とるぞー」

高校生のような制服を着た二人のうちの一人、頭にケモノのような耳をつけ、左目に海賊《かいぞく》のような眼帯をつけた艦娘が声を張り上げた。

だが、後に続く四人の中学生のような艦娘の反応は薄《うす》い。ぼんやりとした表情で返事を返すだけだ。

「むー」

「眠《ねむ》い……」

「ふわわ～」

「ねむねむなのです」

ケモノ耳の娘は、左手に持った大剣《たいけん》を背中にかつぎ、背をかがめて噛《か》みつくようにして小娘《こむすめ》たちをしかりとばした。

「おらおら、寝《ね》ぼけてんじゃねーぞ！　しゃっきりしな！」

さすがに目が覚めたのか、背の低い四人のうち、先頭に立っていたさらさらの黒いロングヘアの少女が、挑《いど》むように細い顎《あご》をあげて相手をにらんだ。

「もう、聞こえてるから怒鳴《どな》らないで。そんな大声は、レディとしてはしたないわ！」

「ああん？　レディだ？」

ケモノ耳をつけた艦娘は、顔をしかめた。隣《となり》に立つ、頭の上に輪っかを浮《う》かべた艦娘がその様子を見て、笑った。

「うふふ。天龍《てんりゅう》ちゃん、レディ失格ですって～。困っちゃったわね～」

「困るもなにも、今はレディかどうかって関係ないだろ、龍田《たつた》」

どうも勝手が違《ちが》うのか、天龍は左目の眼帯をぽりぽりとかく。

「そうでもないのよ~? お手本見せてあげるわね~」

龍田は一歩前に出ると、ぱんぱん、と手を叩《たた》いた。

「はーい、皆《みな》さん。確認《かくにん》よ。私たちの今日のお仕事は、なにかしら~?」

龍田は小さい四人に向けて、おっとり声で聞く。口元には笑《え》みが浮かんでいるが、細い目は笑っていない。

四人は緊張《きんちょう》した面持《おもも》ちで背をぴん、と伸《の》ばして答えた。

「遠征《えんせい》任務よ! ちゃんと海図の予習もしてきたわ」

「輸送船の周囲を守るんだ。深海棲艦《しんかいせいかん》に襲《おそ》われないように」

「遠くまで行くから、朝早く出発しないといけないのです」

「積み荷はボーキサイトよ。これがないと、赤城《あかぎ》さんがお腹空《なかす》かせて働かないから。でも、ボーキサイトっておいしくないと思うわ」

四人が答えると、龍田は、うん、とうなずいた。

「はい、四人ともよくできました~」

はー、と、四人がそろって息をつく。

「お前の言うことなら素直《すなお》に聞くんだよなぁ。何かコツでもあるのか？」

「そうね～。レディっぽくすることかしら～？」

「む、そうか。レディってのは大事なんだな」

龍田が天龍をからかっているのは傍目《はため》にも明らかだった。そして、それに天龍は気づかない。気づかないから、からかうのだ。

「オレもレディっぽくしてみるか。どうすりゃいい？」

「まずは、その口調からかしら。オレじゃなくて、アタシって言ってみたら～？」

「え……アタ、アタシの名は天龍。フフ、レディっぽいか？」

雑誌のグラビア写真の女性を真似《まね》たのだろう。顔を斜《なな》めに傾《かたむ》け、背中を妙《みょう》にしならせてにまー。

天龍が〝オレの考えるレディっぽい仕草〟をしてみせる。

龍田が、顔いっぱいに幸せそうな笑みを浮かべた。

「もー！　最高！　天龍ちゃんったら、どうしてそんなに可愛《かわい》いのー！」

龍田はいやんいやんと、白い太ももをこすりつけて悶《もだ》える。頭の上の輪っかも、ぎゅるぎゅると高速回転だ。

それを見て、天龍が調子にのる。

「フフ、任せろ。オレ、じゃなくてアタシにかかれば、レディなど、造作もないぜ」

四人の駆逐艦娘《くちくかんむす》が「ないない、それはない」という顔をしているが、天龍は気づかない。

気づかないから、天龍なのだ。

「さて、次はどいつがアタシの相手だ？　レディは逃《に》げも隠《かく》れもしねえ！」

天龍は歌舞伎《かぶき》役者が見得を切るポーズで両手を広げて姿勢を低くして身体《からだ》をくるり、と半回転させた。

どうやらそれが、彼女の考えるレディらしさらしい。

その、半回転した先に、軍服を着込んだ若い男がいた。

――ぴきぃっ！

……という音を立てたかのように、天龍がそのポーズのまま固まった。

この鎮守府にいる男は彼一人。

彼こそは、海から襲来《しゅうらい》する深海棲艦と戦うため、艦娘たちを指揮する提督《ていとく》である。

提督は、二十代のようにも見えるし、三十代のようにも見える。

本当の名前も記憶《きおく》も、彼には無い。彼に求められているのは、より良く戦うための才覚であり、そのためにここに存在している。

彼は「提督」であり、それ以外の何物でもないのだ。

目を見開いて固まっている天龍と提督に、龍田がいつものように甘い声で話しかける。

「あら～提督～。おはようございます～」

龍田の声を聞いた提督は、呪縛《じゅばく》が解けたように、かくかくと首を縦に動かした。

「あ、ああ、うん。おはよう龍田」

彼の姿を見て、小さな四人組の娘が集まってくる。

「司令官、ごきげんようです」

黒髪《くろかみ》の艦娘が、セーラー服のスカートの裾《すそ》をちょっとつまんで、頭を下げた。

「おはよう、暁《あかつき》」

「朝早くからたいへんだね、司令官」

白髪《はくはつ》の艦娘が、かぶっていた帽子《ぼうし》のつばをくい、と上げて挨拶《あいさつ》する。

「たいへんなのは、これから遠征に出る響《ひびき》たちの方だろ」

「任せて司令官！　たくさん資源取ってくるから！」

「なるべくなら、戦いがないといいですね」

背格好がよく似た二人の艦娘が左右から男に声をかける。

「頼《たの》んだよ、雷《いかずち》。気をつけてね、電《いなづま》」

出撃《しゅつげき》の時だけではなく、遠征に出向く時も、埠頭まで出向いてひとりひとりに声をかける。それが、彼が新米提督として鎮守府《ちんじゅふ》に赴任《ふにん》した時から、自分に課しているルールだ。

提督は戦闘《せんとう》には参加しない。戦うのは彼女たち艦娘だけだ。

一発の砲弾《ほうだん》も飛んでこない、一本の魚雷《ぎょらい》も向かってこない鎮守府という安全地帯にいる彼にとって、それが彼女たち艦娘に払《はら》う敬意の表れであり、礼儀《れいぎ》だと思っている。

四人の小さな駆逐艦娘ひとりひとりに声をかけている提督を見て、龍田が、小さくため息をついて微笑《ほほえ》んだ。

「提督ったら、本当にマメね～。天龍ちゃんもそう思わない～？」

「うるせえ、オレに話しかけんな」

埠頭に膝《ひざ》を抱《かか》えて座り込んだ天龍が、力ない声で呟《つぶや》く。

「天龍……」

「うるせえってんだろうが！」

呼びかけられた天龍が振《ふ》り向いた先には、再び提督の顔があった。

かあああっ。

まだ朝日が昇《のぼ》る前なのに、朝焼けの照り返しを受けたように天龍の顔が真っ赤になる。

――うわああ、一度ならず二度までも！

くそぉ！　いっそこのまま装備をつけずに海に飛び込んで沈《しず》みてえ！

その顔色の変化を見た提督は、怪訝《けげん》そうに聞いた。

「天龍、熱でもあるのか？　顔が赤いぞ？　調子が悪いんだったら、今日の遠征は――」

天龍をさらに追いつめる一言を発する前に、四人の駆逐艦娘が、提督に群がった。

「ごめんなさい、なのです！」

「ごめんね、司令官。私たちが寝ぼけてたから！」

「イズヴィニーチェ《ごめんよ》、提督、それ以上いけない」

「天龍さんとレディらしさを競《きそ》ってたの！」

四人が一斉《いっせい》に喋《しゃべ》り始めるので、何を言っているのか分からない。

分からないが、気持ちは伝わった。

「ああ、うん、まあ……天龍が大丈夫《だいじょうぶ》なら、それでいいんだ」

ぽんぽん、と男は四人の頭を軽く撫《な》でた。それから天龍を振り返る。

「天龍、お前が旗艦《きかん》だ。みんなを頼んだぞ」

「へっ」

少しばかり精神的なダメージは残っているが、小破というほどでもない。天龍はゆらりと立ち上がり、剣をくるり、と回転させて腰《こし》の鞘《さや》におさめると、大きく深呼吸した。

息を吸って、吐《は》く。

標準以上に育っている胸が上下する。

そして、天龍は、うん、と力強くうなずいて笑って見せた。

「任せな！　オレは天龍だぜ」

にこにこしながらその様子を見ていた龍田が、残念そうに声をかける。

「あらら～、もうレディはやめちゃったのかしら～？」

「だーっ！　その話は終わりだ！　終わり！」

天龍は、両手をぶんぶんと振って龍田の言葉を遮《さえぎ》ると、駆逐艦娘たちに向き直った。

「ようし、遠征に出発するぞ！　全員装備を着装！」

「はい！」

四人の駆逐艦娘は声をそろえると、倉庫から引き出された装備棚《だな》に駆《か》け寄った。

小さな身体に深海棲艦と戦うための武装を手際《てぎわ》よく装着して行く。

「だれか、背中の主砲《しゅほう》の位置を確認して！」

「大丈夫なのです！」

「魚雷の位置は……よし」

「錨《いかり》は持った？」

「ちゃんと腰に下げてるし」

手早く装備を装着し終えた駆逐艦娘たちは、再び埠頭《ふとう》の前に横一列に並んだ。

一番右に立っていた電が、敬礼して報告する。

「第六駆逐隊《くちくたい》、準備完了《かんりょう》なのです！」

「ようし、しゅっぱーつ！」

天龍は号令を掛けると、埠頭の先のスロープから海の中に足を踏《ふ》み入れた。

海中に没《ぼっ》するはずの天龍の足は、水面に船のように浮《う》いている。

天龍の後に続く龍田も、四人の駆逐艦娘の足も、同じように水面に浮かぶ。

「よし！　前進微速《びそく》！　航路に従って港湾《こうわん》を出る！」

天龍の言葉と共に、水面に立った艦娘たちは、滑《すべ》るように動き始めた。

これが、彼女たち『艦娘』の能力である。

魚雷や主砲をフル装備した艦娘たちは、陸上では歩くのがやっとだが、水の上に浮かぶと縦横無尽《じゅうおうむじん》に動けるのだ。

防波堤《ぼうはてい》の間を抜《ぬ》け、港湾から出るのと同時に、天龍が速度を上げた。

「前進半速！　このまま湾外《わんがい》に出る！」

ざあーっ。

六人の艦娘が、縦一列になってまだ黒い海面を滑るように進んで行く。

彼女たちの足もとから生じた小さな白波が、細いV字形の航跡《ウエーキ》を描《えが》いてそれぞれの後ろに伸びていく。

周囲の島が、白くなっていく東の水平線の明かりを受けて浮かび上がる。

防波堤を抜けても、鎮守府近海は波が小さい。内海で、島が多いからだ。

だが、島が多いということは、潮の流れが複雑だということでもある。

潮目をきちんと読むことは、艦娘にとって敵と戦うことと同じくらい大事なことだ。目的地までの時間、消費する燃料などが、これでずいぶんと違《ちが》ってくる。

元となった軽巡洋艦《けいじゆんようかん》が旧式の天龍は武装の面では少しばかり他《ほか》の艦娘に劣《おと》るが、航海に必要なスキルは高かった。遠征《えんせい》任務で、同型艦娘の龍田と一緒《いつしよ》に旗艦を任されるのも、これが彼女の得意な分野だからだ。

「やれやれ、今朝は酷《ひど》い目にあったぜ。龍田、お前のせいだぞ?」

「あら～? レディな天龍ちゃんも、良かったのに～」

天龍が後ろを進む龍田に声をかけると、龍田がくすくすと笑った。

「うっせえ。いいようにオレを動かしやがって。お前のやってるソレがレディなら、たいしたもんだぜ、まったく」

「うーん、そうね～。確かに、私のコレはレディかどうかはともかく、人を動かすことはできるんだけど～」

龍田は後ろを振り返った。

四人の駆逐艦娘は、ぴったりと天龍と龍田の後ろをついてきている。まだ出発したばかりなので、全員が元気いっぱいだ。

龍田は、この四人を彼女の意思で〝動かす〟ことができる。

けれども、彼女にできるのはそこまでだ。

天龍は、この四人が自分の意思で〝動く〟ようにさせられる。

天龍の（精神的な）危機に、提督を止めたのは、四人の意思だった。もし、彼女たちがいなければ、朴念仁《ぼくねんじん》の提督は天龍に「体調が悪いなら、今日は休め。遠征は交代させよう」とか言い出したに違いない。

――そうしたら、天龍ちゃん、本当に傷ついちゃうものね。

提督は朴念仁だが、いつだって本気だ。本気の言葉は、心の奥に届く分、傷つくときも深い。いつも天龍をからかってばかりの龍田だが、そんな天龍が見たいわけではないのだ。

それは、四人の駆逐艦娘も一緒だ。彼女たちは天龍を慕《した》っている。慕っているから、時に生意気だったり、甘えて言うことを聞かなかったりする。

そして慕っているから、天龍を守るために自分の意思で〝動く〟のだ。

「私って、まだまだね～」

小さくため息をつき、龍田は正面に向き直って天龍の背中を見た。

――うん。今の私にはこの位置が、ちょうどいい感じね～。

「なんか気になることがあったら、言えよ」

背中を向けたまま、天龍が龍田に声をかけた。龍田の嘘《うそ》には簡単に騙《だま》されるくせに、大事な時には、彼女は鋭《するど》い。

「ううん、別に……って、何かしら、あれ」

龍田の指差す先に、人影《ひとかげ》が見えた。

船ではない。龍田たちと同じように海の上を滑るように進んでくる艦娘《かんむす》たちだ。

先頭は軽巡で、その後方に軽巡二隻《せき》と駆逐艦《くちくかん》四隻を伴《ともな》っている。

天龍たち遠征艦隊《えんせいかんたい》とほぼ同じ編成の水雷《すいらい》戦隊が鎮守府へ向かって進んで来ていた。

「朝イチの遠征がオレらだからな。遠征ってこたないだろ。そして、敵でもねえな」

戻《もど》ってくるのは自分たちと同じ、艦娘のはず。

なのに、この違和感《いわかん》はなんだろう？

「ふわわ、キラキラなのです」

「誰《だれ》よ、アレ」

後ろから雷と電の声が聞こえ、天龍と龍田は違和感の正体に気づいた。

水雷戦隊の先頭、きらきらと輝《かがや》いている艦娘が、あまりに普段《ふだん》と違いすぎたのだ。

「夜戦～夜戦～楽しい、夜戦～～～らら～～～夜戦で夜戦で大勝利～～～」

茶色の髪《かみ》を短めのツーサイドアップにして、オレンジ色の制服の腰のところに魚雷をつけた娘《むすめ》が、海面を弾《はず》むように近づいてくる。そのすぐ後ろに、どよどよとした同型艦が真っ黒になってついてきているので、余計にはしゃぎっぷりが目立つ。

「夜間演習帰りか……」

「そういえば、昨夜《ゆうべ》は静かだったものね～」

「これからは、朝が早い時にはあいつに夜戦に行ってもらおう」

キッラキラに輝いている先頭の艦娘が誰なのか、暁と響も分からないようだった。

「あら？　あの先頭のお姉さん誰かしら？」

「見覚えがあるような……ないような」

「うーん……あ、分かったのです！」

「あ、私も分かったわ！」

「あの人を知ってるの、雷電《らいでん》？」

「つなげて呼ばないで欲しいのです！」

「あの人は川内《せんだい》さんよ」

「川内さん？　そんなのウソよ！　川内さんはあんなに輝いてないわ！」

「そうよ！　昼間はいっつも魚の腐《くさ》ったような目で、ぼーっとしてるわ！　そして、でろでろりん、みたいな効果音と一緒に登場するのよ」

四人の駆逐艦娘《くちくかんむす》が騒《さわ》いでいると、通り過ぎた川内がくるり、とUターンした。突然《とつぜん》の転進に後続の艦娘が、少し乱れた大きな弧《こ》を描きながらついてくる。

「おーい、天龍ー！　龍田ー！　これから遠征？　おつかれー！」

「お、おう」

併走《へいそう》する川内が、きらきらしながら話しかける。

「ご機嫌《きげん》ね～って、その後ろの真っ黒い人はだ～れ～？」

川内の後ろには、全身が真っ黒になった艦娘がいた。

「わたし……です……神通《じんつう》……です」

ぼそぼそと小声で返してきたのは、川内型二番艦、神通である。近づいてよく見ると、真っ黒なのは演習用のペイント弾《だん》が変質したものだった。

「うわー、大丈夫ですか？」

「ポンプで海水かけます？」

あまりに無惨《むざん》な様子に、駆逐艦娘が声をかける。神通は小さく笑って首を振《ふ》った。

「いいです。もうすぐ鎮守府《ちんじゅふ》ですし……それに、演習なので怪我《けが》はしてませんから」

「それにしても、砲弾《ほうだん》が集中しすぎだろ。何があったんだ？」

天龍の何気ない問いに、川内が身を乗り出す。

「聞きたい？　じゃあ話すね！　今回の演習の相手は、愛宕《あたご》さんたち重巡艦隊《かんたい》だったの。私らが襲撃《しゅうげき》側、向こうが泊地《はくち》側って設定で！」

右手と左手を使って、互《たが》いの艦隊の動きを示しながら、川内が説明する。どうせ鎮守府に戻ったら、もう一回、提督《ていとく》相手に説明することになるだろうに、と天龍は思ったが、同時に川内なら何度説明しても気にならないのだろう、とも思う。

「私たちは島の陰《かげ》をこう、回り込む感じで、泊地に突《つ》っ込んだのよ。すると、目の前に、いきなり『おっぱい！』って感じで愛宕さんがいてさー」

わかるような。わからないような。

「その時に、まずい！　っていうのと、いける！　っていうのが同時に浮かんだの」

「まずいのかいけるのか、どっちだよ」

「だから、両方なのよ！」

首をかしげて怪訝《けげん》な顔になった天龍を見て、神通が割って入った。

「川内姉さんが言いたいのは、夜戦では好機と危機は紙一重《かみひとえ》、ということだと思います」

「そうそう、だからそう言ってるじゃない！」

「言ってないだろ！　……まあでも、わからなくはないな」

龍田も、うんうん、とうなずく。

「距離《きょり》が近いから～。先に当てられると、どこに当たっても、被害《ひがい》大ですものね～。先に当てた方が有利になるのよ～」

「そうなのよ！」

夜戦では、二重の意味で当てられると危険だ。

何しろ周囲がよく見えず、戦いは常に接近戦だ。短い時間でたくさん発射できる小口径の砲《ほう》を互いに撃《う》ち合うから、何発もの砲弾が艦のあちこちに連続して命中する。

軽巡や駆逐艦の装甲《そうこう》は戦艦《せんかん》などと違って薄《うす》く、たちまち穴が空く。

そして戦艦や重巡でも、艦体すべてが分厚い装甲に覆《おお》われているわけではない。側面にずらりと並んだ高射砲《こうしゃほう》や機関砲《きかんほう》は、装甲の外側に位置するし、機関砲の弾薬《だんやく》が誘《ゆう》爆《ばく》すれば火災を起こす。

そしてひとたび火災が起きれば、闇夜《やみよ》では目立つ。

燃え上がった炎《ほのお》めがけて敵の砲弾がさらに集中する。そうやって一隻が脱落《だつらく》すれば、艦隊の隊列に穴が空き、前後のつながりが途切《とぎ》れて陣形《じんけい》を保つことができなくなる。

味方と支援《しえん》し合うことなく個別に戦って、各個撃破《げきは》されてしまうことだってあるのだ。

「もうこうなったら、がーっといくしかないじゃない。だから、がーっといって、ばばーんって撃ちまくったわけ。あっちもパンパカパーンって撃ちまくるし、大混乱だったけど、こっちでやられたのは神通だけ。大勝利よ！」

「すまん、さっぱりわからん」

興奮する川内。にべもない天龍。

「それで、各艦はどう動いたのかしら～？」

龍田の質問に答えたのは神通だった。

「あ、はい。私が探照灯をつけて、愛宕さんを照らしたんです。川内姉さんと他の艦娘《かんむす》はそっちに突っ込んでいって、私は探照灯をあてながら、反対側に回り込みました」

「なるほど。神通さんが敵の攻撃《こうげき》を引きつけている間に、主力が反対側から攻撃をかけるというわけね」

的確に質問する龍田。具体的に説明する神通。

「神通はやられちゃったけど、愛宕さんたちは撃破判定確実よ！」

「根拠《こんきょ》ねーだろ、それ」

演習結果は、両方の艦隊が戻らないと分からないことが多い。夜戦のように混乱しやすいと、相手が巡洋艦《じゅんようかん》なのに戦艦だと勘違《かんちが》いすることだってあるのだ。

「追撃《ついげき》の途中《とちゅう》で愛宕さんたち、動かなくなりましたから、その前に発射したこちらの駆逐艦隊の模擬魚雷《もぎぎょらい》が命中したんだと思います」

「そうね～、模擬魚雷が命中したのなら、判定だものね。当たり場所によって大破か中破決めなきゃならないからその場に止《とど》まるわよね～」

夜戦の評価で盛り上がる軽巡艦娘の後ろでは、遠征《えんせい》に行く駆逐艦娘たちと、夜間演習帰りの駆逐艦娘たちがオヤツの交換《こうかん》をしていた。

「遠征って南の海なの？　なら、これ持っていきなさいよ。喉《のど》かわくでしょ」

「はわわ、ラムネなのです。ありがとうなのです」

「帰ってくるの、いつ？　え？　夕方まで帰って来られないの？　寮《りょう》のゴミか洗濯物《せんたくもの》、忘れてたらだしとくよ」

「スパシーバ《ありがとう》。洗濯物を干してあるんだ。雨が降ったら取り込んでおいて」

「気をつけて。南方、最近は潜水艦《せんすいかん》が出没《しゅつぼつ》してる。それとこれ、塩飴《しおあめ》」

「ありがとう。お礼はちゃんと言えるし」

きゃいきゃい言いながらオヤツの交換をしている駆逐艦娘たちを振り返った川内が、小さくうなずいた。

「よーし！　鎮守府まであと少しだ！　帰ったらお風呂《ふろ》とお布団《ふとん》が待ってるぞ！　今日は明け番だ、夕方までぐっすり眠《ねむ》れるからな！」

「はーい！」

「お風呂とお布団ばんざーい！」

疲《つか》れた顔に生気が戻《もど》った駆逐艦娘たちを見た川内は、満足そうにうなずくと、天龍に向き直った。

「じゃ、私たちは、これで！　気をつけてね！」

「おうよ！　お前らもな！」

夜間演習帰りの艦娘たちを見送った天龍は、こっちを見ながらずっと手を振っている川内を眺《なが》めて、肩《かた》をすくめた。

「やれやれ、騒がしい連中だぜ」

「若い子はいいわね～」

「いやいや、オレらだって……まあ、今はともかく、原型になった艦は、あいつらより古いけどな……」

艦娘である天龍の原型となった軽巡洋艦『天龍』が竣工《しゅんこう》したのは一九一九年。

『川内』の竣工は一九二四年だ。わずか五年の差だが、減速ギアや重油燃焼《ねんしょう》などの新技術がどんどん登場した時代である。

『世界水準超《ご》え』を目指して先進的な技術を取り入れた天龍だが、開戦時にはずいぶんと古くなっていた。

「それにしても、神通のやつは落ち着いてるな。演習とはいえ、集中砲火《ほうか》をくらって撃沈《げきちん》されたにしちゃあ、ちゃんと周囲を見てる。たいしたもんだ」

「ん～。そうね、たぶん彼女も私と一緒《いっしょ》だからじゃないかしら～」

「なんだよ。出来の悪い姉がいるから、その分、妹がしっかりしてるとか言いたいのか？」

「うふふ～。さて、どうかしら～？　さ、おしゃべりした分、急がないと」

龍田は、はぐらかすように笑った。

その顔を見た天龍は、少し不満そうにしていたが、すぐにさばさばした表情になって肩をすくめた。

「ま、いいか」

――考え込むのは性に合わない。考え込むくらいなら前に進んだ方がいい。

それが天龍の考え方だった。

「よーし、行くぞ！　先は長いが気を抜《ぬ》くなよ！」

先導を再開した天龍の後に龍田が、そして第六駆逐隊《くちくたい》の暁・響・雷・電が続く。

もう一度、天龍の背中を追いかけながら、龍田は心の中だけで話しかける。

――あのね。私も神通ちゃんも、大好きなお姉さんがいるから。その背中を守ってあげたいから、頑張《がんば》ってるんだよ？　ふふ、こんなこと、恥《は》ずかしくて、言えないけど～。

ゆるゆると、東の水平線から昇《のぼ》った陽光が差し込み、龍田の頬《ほお》を赤く染める。

目的地である南西海域は、まだ遠い。

◎午前八時三十分

「ハーイ、今日一日の業務予定ですよー」

朝食が終わった鎮守府の食堂に、いつも任務を割り振っている事務担当の眼鏡の女の子がやってきた。

小脇《こわき》に抱《かか》えているのは、艦種《かんしゅ》ごとに割り振られた今日一日の業務予定表である。

「貼《は》り出しますからね、押さないで下さい！　駆逐艦は数が多いから、駆逐戦隊ごとになっているわ。日直の子はちゃんとメモして同じ隊の子に教えてあげて！」

眼鏡の女の子が、そう言いながら手際《てぎわ》よく予定表を貼っていくと、その前に、駆逐艦娘《かんむす》たちが群がった。

「あれぇ？　鎮守府待機中の駆逐隊は、全員『座学』って書いてあるよぉ？　『座学』って何だろ？」

サイズの合わない制服の袖《そで》を振り回しながら聞く巻雲《まきぐも》に、第二十一駆逐隊の初霜《はつしも》が答えた。

「座学ってのは、教室で先生や講師の方のお話を聞いて勉強することよ。座って学ぶから『座学』って呼ぶの。

演習とか射撃《しゃげき》訓練みたいに、実際に身体《からだ》を動かして技術を覚えるのは、『実学』とか『実技』って呼ぶのよ」

「へぇーそうなんですか、初霜ちゃんはもの知りですねぇー。わたしてっきりお熱が出たときに、お尻《しり》に入れる薬のことかと……」

そう答えた巻雲の後頭部を、ぺちん！　と秋雲《あきぐも》が叩《たた》いた。

「朝っぱらから、なにを恥ずかしいことを言ってるのよ！　このばか雲《ぐも》は！」

「わたし、巻雲ですぅ〜ばか雲じゃありません！」

後頭部を押さえて抗議《こうぎ》する巻雲を見て、秋雲が言った。

「巻雲って名前だと、誰《だれ》だっけ？　みたいなことになるけど、ばか雲って言えば、あんたのことだって誰でもわかるから、あんたは、ばか雲でいいのよ」

「秋雲のばか！　いいもん！　こんどからあんたのこと『ドヤ雲』って呼んでやるぅ！」

「なによそれ！」

「ドヤ顔の秋雲だからドヤ雲よ！　文句あるぅ？」

「なんかムカつく！　他の子ならあまり気にならないけど、あんたに言われるとむちゃくちゃムカつく！」

　いつものケンカを繰《く》り広げている第十駆逐隊の二人をよそに、他の駆逐隊の艦娘たちは、予定表の備考欄《らん》に書かれている文章をメモしていた。

「深夜に行われた夜間演習に参加した者と、遠征に出ている者以外の駆逐艦娘は、全員鎮《ちん》守府《じゅふ》の中会議室に集合だって！」

「用意するものは筆記用具だって、装備はいらないみたいだね」

「課目は何だろう？　っていうか、先生は誰なんだろう？」

　集まって、わいわい騒《さわ》いでいる駆逐艦娘たちを、少し離《はな》れたところから見ている提督《ていとく》に、エンジ色の弓道袴《きゅうどうばかま》を身に着けた、駆逐艦娘たちよりも少し年齢《ねんれい》の高い……といっても二十歳《はたち》を少し過ぎたあたりの、落ち着いた雰囲気《ふんいき》の艦娘が声をかけた。

「鎮守府学校、いよいよスタートですね、提督」

「ん？　ああ、赤城《あかぎ》か……うまく行くといいのだけどな」

　赤城と呼ばれた艦娘は、にっこり笑った。

「きっと大丈夫《だいじょうぶ》ですわ、駆逐艦娘たちは、みんな興味津々《きょうみしんしん》ですから。興味があるってことは、覚えるってことです。

　私たち艦娘は、海を侵略《しんりゃく》し、人々の生活を破壊《はかい》しようとする深海棲艦《しんかいせいかん》と戦うのが任務です。戦うためには、そして勝利するためには学ばねばなりません」

「そうだね……この鎮守府にいる艦娘たちは、みんな若い。特に駆逐艦たちは若いというよりも幼い、と呼んだほうがいいだろう。

　見た目も中身も小学校高学年から、せいぜい中学生くらいだ。自分たちの兵装の知識をしっかり覚えて、戦えるようにしてやらないとな……それは、俺たちの責任だ」

「そうですわね……で？　今日の課目は何を？」

「一時限目は魚雷《ぎょらい》について北上《きたかみ》に、そして二時限目は艦載機《かんさいき》について、君に教えてもらう予定だが……」

　赤城は目を見開いた。

「え？　私が……ですか？」

「伝えてなかったか？」

「はい、私は本日、新型装備の開発のために加賀《かが》と二人で工廠《こうしょう》に行くことになっていたはずですが……」

「え？　あ、そうか！　あれは今日だった！　いかん！　日付を勘違いしていた！」

あわてる提督の後ろで声がした。

「どうしたの？　なにか、問題？」

振《ふ》り向くと、そこに、赤城と同じデザインの青い弓道袴姿の女の子が立っていた。髪《かみ》の毛をサイドで一つにまとめ、切れ長の目と、白く透《す》き通ったような肌《はだ》を持つその子を見て、赤城が言った。

「ああ、加賀！　どうしよう。今日の座学、提督が私を講師にするつもりだったんだって……」

加賀、と呼ばれた女の子は、すっと顔を上げて、提督を見つめて言った。

「今日は、新型装備の開発に工廠に行く日。それは一月前に、提督ご自身が決めたことでは？」

「いや、そう言われると言葉も無い……しかし、参ったな」

加賀はすっと目を逸《そ》らして言葉を続けた。

「提督の責任というよりも、それは秘書艦の責任。提督は、ここしばらく秘書艦となる第一艦隊《かんたい》の旗艦《きかん》を、戦艦《せんかん》にしている。戦艦たちは戦闘《せんとう》には向いているけど気配りに欠けている。スケジュールの確認《かくにん》とかは、あの子たちには無理。私や赤城なら、こんなことにはならないわ」

「いや、確かに加賀の言うとおりなんだが……新しく着任した長門《ながと》と陸奥《むつ》には一日も早く艦娘《かんむす》として習熟してもらわないといけないからな……二人が馴《な》れたら、また、赤城か加賀に秘書艦になってもらうつもりだよ」

艦娘はいずれも元となった軍艦の力を最初から持っているが、その力を使いこなすには馴れと訓練が必要だ。艦娘を指揮する提督の秘書艦としてそばにいれば、より早く実戦参加が可能になる。

提督の言葉を聞いて、今まで眉間《みけん》に寄っていた加賀の形の良い眉《まゆ》が、すっと開いた。

「そう……なら、いいけど」

加賀の機嫌《きげん》が直ったのを見て、提督はほっとしたようにつぶやいた。

「まあ、秘書艦は、いずれ一航戦の君たちに頼《たの》むとして、問題は今日の授業の講師だな……空母に頼まなくちゃいけないんだが……仕方ない。五航戦の翔鶴《しょうかく》か瑞鶴《ずいかく》にでも頼むとするか……」

その言葉を聞いた加賀の眉が、再び、すっと寄った。

「……五航戦の子に講師を頼むおつもりですか？」

「え？　ああ、二航戦の飛龍《ひりゆう》に頼んだら、きっと艦載機のことはそっちのけで、多聞丸《たもんまる》のことばかり話すだろうし……」

思い当たったのだろう、赤城が笑った。

「ええ、確かに、飛龍だったら、きっとそうなりますね」

赤城が笑っているのが気に障《さわ》ったのだろう、加賀がきつい口調で言った。

「五航戦の子も、飛龍と同じようなものよ、一航戦の私たちと一緒にしないで」

「では、誰が適任だというんだ？」

加賀が、ぴしり、と将棋盤《しようぎばん》に王手の駒《こま》を置くような口調で言った。

「龍驤《りゆうじよう》がいます」

「龍驤？」

提督は目を丸くした。

「あの子は軽空母だぞ？」

「はい、軽空母です。でも、駆逐艦娘たちに艦載機のことについて説明するのなら、船の大きさは関係ありません」

「それはそうだが……」

加賀の隣《となり》に立っている赤城が、加賀の言葉を継《つ》いだ。

「加賀の言うとおりです、提督。龍驤は見た目は小さいですが、空母としての歴史は古く、私や加賀と共に第一航空戦隊の母艦《ぼかん》として、日華《にっか》事変を戦いました。一航戦から分かれたあとも、インド洋やアリューシャン方面の戦いに参加している歴戦の空母です。講師としての資格は充分《じゅうぶん》だと思います」

提督は加賀と赤城の顔をしばらく見ていたが、やがて、うなずいた。

「わかった、君たちがそう言うのなら、龍驤に頼もう。それに、龍驤なら駆逐艦娘たちと、さほど背格好も変わらない。一緒《いっしょ》に艦隊を組んで動くこともあるしな……」

「はい、では、龍驤には、私たちから話をしておきますので」

「悪いな。俺のミスなのに」

「いいえ、気にしないで。これは提督のミスではなく、秘書艦のミス」

加賀は、そう言うとにっこり笑った。

だが、目は笑っていなかった。


鎮守府の建物の二階にある中会議室が、鎮守府学校の教室だった。

中会議室の中には、椅子《いす》と机が並べられ、遠征《えんせい》と夜間演習の明け番以外の駆逐艦娘たちが全員集められていた。

「なんだか本当に学校みたいだね」

「でも、制服が違《ちが》う子も一杯《いっぱい》いるから、どっちかと言うと、偏差値《へんさち》決める、業者テストの会場みたい」

「あ、そうそう、それ、私もそれと同じこと考えてた！」

わいわいがやがや、と盛り上がっている、そんな駆逐艦娘《くちくかんむす》たちの中に交じらずに、会議室の入り口に立って、廊下《ろうか》を窺《うかが》っているのは、駆逐艦総代の吹雪《ふぶき》だった。

この鎮守府に何十人といる駆逐艦娘の中で「吹雪」「叢雲《むらくも》」「漣《さざなみ》」「雷」「五月雨《さみだれ》」の五人だけは、鎮守府が作られた初期に赴任《ふにん》して、新米で右も左もわからない提督の補佐《ほさ》ができるように、基本的な訓練が行われており、それぞれが「駆逐艦総代」という名称《めいしょう》を与《あた》えられて、他《ほか》の駆逐艦娘たちの指導に当たっている。いわゆる学級委員のようなものだと思えばいい。

入り口のドアの隙間《すきま》から、廊下を見ていた吹雪の視界に、重たそうな足取りで歩いてくる北上改の姿が見えた。

吹雪はドアを閉めると、急いで会議室の中に向き直り、号令を掛けた。

「きをつけぇーっ！」

駆逐艦娘《くちくかんむす》たちは、飛び上がるように椅子から立ち上がった。

「うひゃあ！」

「いきなり、きをつけって、どういうこと？」

「きりーつ、って言うんじゃないの？　こういうとき」

「海軍では、起立って言わないで、きをつけ！　って言うんだって」

「へえ、そうなんだ……」

小さな声でごにょごにょ話していると、やがて、どすん、ゴトリ、どすん、ゴトリ、という重々しい足音と共にドアを開けて、北上が入って来た。

北上は、右手に単装砲《たんそうほう》の砲塔を持ち、左腕《ひだりうで》に四連装魚雷発射管、足の腿《もも》とふくらはぎにも四連装魚雷発射管を装着したフル装備だった。

重そうな足音なのも当たり前である。

「いやー、重いわー。酸素魚雷重くてしかたないわー酸素魚雷重いわー」

わざとらしくつぶやきながら、北上は演壇《えんだん》の上に立った。

「敬礼！」

総代の吹雪の号令に合わせて、駆逐艦娘たちが一斉《いっせい》に頭を下げる。

「おはよーございます！」

小さく頭を下げて答礼した北上は、総代の吹雪を見て、小さく目礼した。

その合図を見た吹雪が、号令を掛《か》ける。

「休め！」

駆逐艦娘たちはごそごそと椅子に座り始めた。

「え？　休め！　で座るの？　聞いてないんだけど」

戸惑《とまど》っているのは、最近鎮守府《ちんじゅふ》に来た初風《はつかぜ》だ。

「海軍式よ、着席、じゃなくて、休め！　という号令なの」

隣の席の雪風《ゆきかぜ》が、あわてて教える。

第十六駆逐隊《くちくたい》の残りの二人、天津風《あまつかぜ》と時津風《ときつかぜ》は、まだ鎮守府に着任していない。

「それならそうと、ちゃんと初めに教えといてよね！」

初風は不満そうな顔のまま、椅子に座った。

北上は、ぐるり、と駆逐艦娘たちを見回して、ゆっくりと言った。

「私が、この、鎮守府学校の栄《は》えある一時限目を担当することになった、重雷装巡洋艦《じゅんようかん》の北上です！　君達の中には、もうすでに、何度か遠征や演習で一緒に艦隊を組んだ人もいるから、ご存《ぞん》じの人もいると思うけど、以前は、普通《ふつう》の軽巡洋艦でした。しかし！」

北上はそこで言葉を切ると、左手を振って、肩《かた》の下に装着した四連装魚雷《ぎょらい》発射管を構えてポーズを取って見せた。

「この九三式酸素魚雷が、私の運命を変えた！　私は、ただの軽巡北上から、スーパー北上様へと変身したのだ！」

北上はしばらくそのポーズを取っていたが、やがて、だらん、と左腕を下げた。

「あー、重いから止《や》めよ。思ったよりウケなかったしなー」

駆逐艦娘の間に小さな笑いが広がっていく。

「あ。少しウケた……えーと、魚雷ってのは、あんたら駆逐艦も装備しているけど、あんまりその歴史とか、効果とか教わってないと思うのよね。

気がついたら、ここで艦娘やってた……使い方とかは、なぜか知ってた。昔の戦争の記《き》憶《おく》とかと一緒に。ってのが、本音じゃないかな？

不安だよねー、わっけわかんないし、でもさー、まあ気にしてもしょーがないからさー、あんたらは仲間とかを大切にして、そして私ら軽巡や重巡、そして空母や戦艦のおねーさんたちを頼《たよ》っていればいいのよ」

駆逐艦娘が少し真剣《しんけん》な目になって、こくこく、とうなずくのを見て、北上はふわっと笑った。

「うんうん、あんたらいつもはウザイけど、こうやって言うこと聞いてるときは可愛《かわい》いねえ……さーて、お姉さん気分いいから、ちょっと魚雷に関してウンチク並べちゃおうかなー。

えーとね、魚雷、魚雷ってみんな簡単に呼んでるけど、魚雷ってのは、とある言葉を縮めた略称《りゃくしょう》ってヤツなんだな。元の言葉知ってる人いるかな？」

北上が顔を上げると、吹雪だけが小さく手を上げていた。

「おや、知ってる子がいたんだ……えーと、ああ、やっぱり吹雪か。ホントあんたって優等生だよねえ……」

「いえ、そんな。ちょっと図書室で軍艦の本を読んで学んだだけで、そんなに大したことじゃありません！」

吹雪はあわてて顔の前で両手を振《ふ》った。

「いや、艦娘として立派だよ。軍艦の時の記憶があると、つい分かった気になっちゃって、勉強しないから。じゃあ、吹雪、魚雷の本当の名前はなんていうのかな？」

「えーと、魚形水雷《すいらい》で、それを縮めて、魚雷。です。英語では〝Torpedo〟です」

「はい正解！　ご苦労さん」

吹雪は、一礼して着席した。

「えーと、今、吹雪が説明してくれたとおり、もともと、水雷と呼ばれる兵器があったのよね。これは今で言うところの『機雷《きらい》』みたいなもので、水に浮《う》かべたり、水中に沈《しず》めておいて、船が来たら、どっかん！　と爆発《ばくはつ》させて、船を沈めちゃう兵器。んでもって、オーストリア海軍の士官で、その水雷に自分で動く力を与えたらどうだろう？　って考えた人がいたのね。んでもって発明されたのが魚雷ってわけ。

魚雷のすごいところは、命中すると船の横っ腹に大穴が空くってことね。大砲《たいほう》でどかんどかん撃《う》ち合って、いくら相手の砲塔や司令塔《しれいとう》ぶっ潰《つぶ》しても、なかなか沈まないけど、喫水線《きっすい》の下、水中の船体に穴空けられたら、どんな船だってひとたまりも無いよねえ……いや、ホント、魚雷いいわー、魚雷サイコー！

でかい戦艦《せんかん》も、ドカンと一発致命傷《ちめいしょう》！　夜目にも鮮《あざ》やかに立ち上《のぼ》る白い水柱！　滝《たき》のように噴《ふ》き上げられた海水が落ちてきたそのあとには、真っ赤な船底見せて、ごろりと倒《たお》れる敵艦《てきかん》！　いやあ、もう、しびれるしびれる……」

引いている駆逐艦娘たちに気がついた北上は、こほん、と小さく咳払《せきばら》いをした。

「いや、ごめん、思わず我を忘れてしまった……まあ、私が言いたいことは、あんたらも持ってるその魚雷ってのは必殺の武器だってことよ」

北上はそう言うと、腿につけてあった魚雷発射管から魚雷を一本引き抜《ぬ》いた。

「えーと、こいつは資料用のカットモデルというヤツで、本物じゃないんだよねー。こうやってぱかっと二つに割れて、魚雷の中が見えるようになってるってわけさ」

北上は、手に持った魚雷を、ぱかっと二つに割ると、吹雪を手招きした。

「これをみんなに見せて。見た人は隣に回してね」

魚雷の模型を受け取った吹雪は自分の席に戻《もど》ると、しげしげ、と眺《なが》めたあとで隣にいた白雪《しらゆき》に手渡《てわた》した。

魚雷の模型が、駆逐艦娘の間を回って行くのをしばらく眺めていた北上は、全体の半分ほどに回ったところで、口を開いた。

「魚雷の構造は、見てわかったと思うけど、推進器としてエンジンが入ってるのよ。そのエンジンを動かすために、酸素を使用したのが日本海軍の秘密兵器、酸素魚雷ってわけよ。私たちが活躍《かつやく》してた頃《ころ》は、電池はまだ発達していなかったからね、長距離《ちょうきょり》を猛《もう》スピードで走らせるには、内燃機関、つまりエンジンしか手段が無かったんだな。

エンジンを回すには空気を取り入れなくちゃならないけど、水中を進む魚雷にはそれは無理。というわけで普通の空気を圧縮してタンクに入れてそれでエンジンを回してたの。その空気を酸素だけにしたのが、酸素魚雷ってわけよ。排気《はいき》ガスのほとんどが水蒸気なので、水に溶《と》けちゃって発見されにくく、射程も長いんだなあ、これが。

戦後アメリカの歴史家のモリソンさんが、ロングランス（長槍《ながやり》）って呼んだだけのことはあるのよ」

居並ぶ駆逐艦娘《くちくかんむす》たちの中ほどにいた、一人の艦娘が手を上げた。

「酸素魚雷を持ってたのは、日本軍だけって聞いたんですけど！」

北上はうなずいた。

「いい質問だねえ、しびれるねえ。そーなのよ。酸素魚雷は取り扱《あつか》いが難しくて、特に純粋《じゅんすい》酸素を送るバルブに油とかがついてたらそこから発火して大爆発しちゃうのよ。だから他《ほか》の国ではみんな、開発を諦《あきら》めちゃったんだけどね。日本は、最初は普通の空気を使ってエンジン回して、すこしずつ純粋酸素に切り替《か》えるって方法を取ったの。でも、酸素を使っていることを隠《かく》すために、酸素のことを『第二空気』と呼んでいたんだよ。知らない人が説明書や設計図見ても、中身が酸素だってわからないようにしたんだね。

まあ、簡単に言えば、えっちな本を見られても、中身がわからないように、カバーを参考書のものに取り替えるようなものね」

北上の説明を聞いていた駆逐艦娘たちは、互《たが》いの顔を見合わせた後で、小声でごそごそ会話し始めた。

「そういえば、私の魚雷は酸素魚雷じゃないわ、普通の魚雷よ？」

「あーそういえばそうだ。なんで差があるんだ？　マジめんどくせー」

やがて、一人の駆逐艦娘が手を上げた。

「第二十一駆逐隊の初春《はつはる》じゃ。質問があるが、よろしいか？」

「質問？　いいよー、何？」

「駆逐艦娘の中には、わらわの他にも、酸素魚雷を貰《もら》えんものが数多くおるのじゃが、なぜそのような差が付いておるのじゃ？」

北上は、首をかしげて考え込んだ。

「えーとねー、それは史実との兼《か》ね合いかな？　酸素魚雷ができたのは、一九三三年で、睦月《むつき》型とかの駆逐艦はそれより前に造られているの。

装備されている魚雷の太さは同じ六十一センチの大型魚雷なんだけど、酸素魚雷を載《の》せるには、酸素を充塡《じゅうてん》する装置とか色々厄介《やっかい》なものも一緒《いっしょ》に載せなきゃならないの。

改装して酸素魚雷が撃てるようになった駆逐艦もあるけど、ほとんどは、そういう改造がされてないのね。だから、酸素魚雷じゃない普通の大型魚雷が装備されているの。

でも、ここでは、工廠《こうしょう》で開発して酸素魚雷が作れたら、誰《だれ》でも装備可能なの。あんたら全員に酸素魚雷を持たせる事だってできるんだから」

北上の言葉を聞いて、駆逐艦娘たちは、わあっ！　と歓声《かんせい》を上げた。

手を取り合って喜んでいる睦月型や特型駆逐艦を見て、北上は満足そうにうなずいた後で、声を張り上げた。

「ただーし！」

ビクッとなった駆逐艦娘たちが、静まり返る。

「開発には、資源が必要！　そしてその資源は、物資輸送で手に入る！　つまり、いい装備が欲しいなら、日々の船団護衛なんかの遠征《えんせい》任務をきっちりやり遂《と》げろということ、わかった？」

「はーい！　がんばりまーす！」

声をそろえて返事をする駆逐艦娘を見て、北上が再び満足そうに、うんうんとうなずいたその頃……。

教室に使われている会議室の外の廊下《ろうか》で、講師をしている北上をじっと見ている艦娘がいた。

「……北上さんって……ステキ」

それが誰かは、言うまでもない。

北上の講義が終わると、入れ替わりにやってきたのは龍驤だった。

陰陽師《おんみようじ》の着る水干に似た、エンジ色の服を着て、艦橋を模したサンバイザーのような帽子《ぼうし》をかぶった龍驤は、うきうきとした足取りで、実に嬉《うれ》しそうにやってきた。

「きをつけーっ！」

起立した駆逐艦娘の前に立った龍驤は小さく頭を下げた。

「休め！」

演壇《えんだん》の上に立った龍驤は、駆逐艦娘たちを見回して、にっこり笑った。

「ども、軽空母の龍驤や！　訓練や任務で、何度か一緒になった子もおるな。うちは、見た目はこんな風にちっちゃいが、ちゃんと艦載機《かんさいき》を載せとるれっきとした空母や。加賀や赤城には負けへん！」

そして懐《ふところ》に手を入れた龍驤は、巻物のようなものを取り出すと、それをぱらりと広げ、なにやら呪文《じゆもん》のようなものを唱え始めた。

すると、巻物の上に置かれた、飛行機の形に切られた紙片《しへん》が、巻物の上を滑《すべ》るように動き出した。

よく見ると、巻物には飛行甲板《かんぱん》の模様が描《えが》かれている。

その上を滑り出した紙片は、むくむくと膨《ふく》れ上がり、そのまま飛行機に姿を変えて、飛び立った。

龍驤が指差す先を、その飛行機はブンブン、というエンジン音を立てて自在に飛び回った。

ぽかんと口を開けて見ている駆逐艦娘の上を何回か旋回《せんかい》した後、飛行機は再び龍驤の手元に戻ってきて、広げた巻物の上に着艦《ちゃっかん》し、そして紙片に戻ると、そのまま巻紙の中に吸い込まれて行った。

おお〜っ、という、感嘆《かんたん》するような声を聞いた龍驤は、得意げに言った。

「どう？　うちの艦載機も、なかなか捨てたもんじゃないでしょ？　加賀や赤城が載っけてるのは、パチもんで、うちが載せてるのが本物の艦載機やねん！」

吹雪が目を丸くした。

「本物って……どこか違《ちが》うんですか？」

「ああ、違うでぇ、大きく違う。うちが載せてるのが、本物のかんさいき。赤城や加賀が載っけてるのは、あれはかんとうき、や！

かんとうきはダシが黒い、んでもって銘板《めいばん》の最後に小さく（E）と書いてある。本物のかんさいきはダシが薄《うす》くて、銘板の最後に小さく（W）と書いてあるんや！」

龍驤は、ドヤ顔で、駆逐艦娘たちを見回した。

「へー、そうなんだ」

「ためになるなあ……」

駆逐艦娘たちは、うんうん、とうなずくばかり。

「え？　あれ？」

きょろきょろあたりを見回し始めた龍驤を見て、黒潮《くろしお》が立ち上がって叫《さけ》んだ。

「それは、カップうどんや！」

びっくりしている艦娘たちとは反対に、龍驤は実に嬉しそうに飛び跳《は》ねた。

「おおきに！　おおきに！　さすがは黒潮やん！　みーんなマジメな顔してメモ取っとるし、うちのボケにだーれもツッコんでくれへんかったら、どないしょーと思った！　やっぱり、ボケにはツッコんでもらわんとなあ！」

ぽかんと口を開けている艦娘たちを見回して、黒潮が説明した。

「えーと、今のんは、艦載機と関西を掛《か》けたボケなんや。関東はダシが黒い、とか銘板の最後に（E）と書いてるとかは、カップうどんのことや。龍驤姉さんは、そんなことあるかー！　とツッコんで欲しかったんや」

「そうそう、そういうこと。しかし、ボケの説明を真顔で『実は今のはボケで……』と説明せなアカンというのは、きっつぃなあ……」

龍驤は、参ったな。という風に頭を掻《か》いたあとで、気を取り直したように顔を上げた。

「ほな、あんまりボケんと、マジに説明するで！　えーと、艦載機ってのは、うちら空母が積んどる飛行機のことで、艦攻、艦爆、艦戦の三つがあるんや、あと、偵察機《ていさつき》もな。艦攻ちゅうのは艦上攻撃機《こうげきき》のことで、主に魚雷《ぎょらい》を積む。真珠湾《しんじゅわん》攻撃の時は、大型爆弾《ばくだん》積んで水平爆撃もやったけどな。

艦爆ちゅうのは艦上爆撃機のことで、主に爆弾を積んで急降下爆撃をする。

艦戦ちゅうのは艦上戦闘《せんとう》機のことで、敵の艦載機を撃ち落とすのが仕事やね」

龍驤はそこで言葉を切ると、演壇から降りて、すたすた、と窓際《まどぎわ》まで歩いていくと、窓に、戦艦《せんかん》の絵が描《か》いてある一枚の紙を貼《は》り付けた。

「これが敵艦やと思って欲しい、ええな？」

そして龍驤は、すたすたと演壇に戻《もど》ると、懐から、小さな丸い玉を取り出した。

「これは、大砲《たいほう》の弾《たま》やと思ってくれたらええ。うちらがやッとる海戦ちゅうのは、こうやって、大砲撃って、相手の船に当てて沈《しず》めることやね」

そう言うと、龍驤は、小さな丸い玉を、窓に貼った紙に描かれた戦艦めがけて投げ始めた。

だが、距離《きょり》が遠いのでなかなか当たらない。

「当たらんやろう？　遠いと当たらんのよ。だから、近づかないとあかんねん」

龍驤はそう言うと、紙の戦艦に近づいて、玉を投げ始めた。

いくつか投げていると、そのうち一つが、こん！　と当たった。

「当たったでぇ！　バンザイ！　と言いたいところやけど、そうは行かんねん」

そう言うと龍驤は目を閉じて、なにやら呪文を唱えた。

指先に漢字のようなものが含《ふく》まれた青白い火の玉が浮《う》かび、それがすっと紙に描かれた戦艦に吸い込まれた。

すると、紙に描かれた戦艦がいきなりむくむくと浮き上がり、龍驤めがけて、ぽんぽん！　という音と共に大砲を撃《う》ってきた。

さっき龍驤が投げつけていたのと同じ小さな黒い玉が飛んできて、龍驤の顔にぱちぱちと当たる。

「うひゃあ、こりゃあたまらん、一時退避《たいひ》や！」

そう言って演壇のところに逃《に》げ帰った龍驤は、窓に貼られた絵を指差した。

「こっちの弾が当たるところまで近づくということは、相手の弾も届くということやね。それはもう仕方ない。当たるの覚悟《かくご》で突っ込まんことには、敵も沈められへん、ちゅうことや。でも、安心せえ、こないな時のために、うちら空母がおるんや」

そう言うと、龍驤は懐からさっきの巻物を取り出した。

「敵の弾の届かんところから、艦載機を飛ばすんや。艦載機の運ぶ爆弾や、魚雷が、大砲の弾の代わりになる、ちゅうことや。見とってや！」

龍驤は呪文を唱えた。

再び巻物の中から、白い紙片が浮き上がり、滑り出して飛行機になった。

飛行機はそのまま巻物の上を飛び立つと、窓ガラスに貼られた戦艦の絵に真っ直《す》ぐ飛んで行き、そこで一旦《いったん》上に上がると急降下して、黒い玉を戦艦にぶつけた。

ガチャン！

絵は、その下のガラスと一緒に粉々になった。

「見たか！　わが九九艦爆の急降下爆撃！　九九艦爆の航続距離《こうぞくきより》は一四七二キロメートル！　それに対して長門型戦艦の主砲《しゆほう》の射程距離は、たったの三八・四キロメートル！　戦艦の主砲が当たる前に楽々攻撃《こうげき》可能！　これが俗《ぞく》に言うアウトレンジ！　空母艦載機の威力《いりよく》はここにあるんや！　わっはっはっはっ！」

ドヤ顔で胸を張り高笑いする龍驤を見て、黒潮が、ぽつん、と言った。

「あかん、窓ガラス割ってしもた……」

その言葉を聞いた龍驤は、はっと我に返った。

「え？　あちゃー！　うち、やりすぎてしもたぁ！」

鎮守府《ちんじゅふ》の中に、悲痛な龍驤の声が響《ひび》き渡《わた》った。

◎午後一時

午前中の勉強が終わってお昼を食べたら、午後三時の午後の演習まで「待機」の時間である。

待機室は鎮守府の一階にある大広間である。

待機というのは、何かあったらすぐ出動できる態勢、常時即応《そくおう》態勢を保ちつつ何もしない、ということである。

いわば、スクランブル要員として領空侵犯《しんぱん》に備える航空自衛隊の戦闘機《せんとう》パイロットのようなもので、時間をどう過ごすかも、れっきとした仕事のうちなのだ。

大広間の中では、待機中の艦娘《かんむす》たちが装備を外し、寝転《ねころ》がって、マンガを読んだり、ゲームをしたり、オヤツを食べながら、ウワサ話をしたり、好き勝手している。

待機室の左半分にある、ソファやテーブルが置かれた洋風のリビングでは、戦艦娘《せんかんむす》たちがティーパーティを始めていた。

最初の頃《ころ》は、そんな区分けもなく、適当に行き来していたのだが、戦艦金剛《せんかんこんごう》が鎮守府の仲間入りをして、私物のティーセットを持ち込み、パーティを始めたあたりから、重巡《じゅうじゅん》と戦艦、正規空母はソファのあるリビング。軽巡、軽空母、駆逐艦《くちくかん》は和室。という棲《す》み分けが、いつの間にかできてしまっていた。

「ハーイ、ティータイムですねー！　今日のお茶菓子《ちゃがし》はショートブレッドを用意しましたデスねー！」

「さすが、お姉さま、美味《おい》しそうです！」

「バターの香《かお》りが計算しつくされていますね」

「はい、実に美味しそうです！」

金剛型四姉妹の後ろから、テーブルを覗《のぞ》き込んだ長門が、怪訝《けげん》そうに聞いた。

「なんだ、そのカロリーバーは。非常食か？」

「ノー、ですね。これはカロリーバーではありまセーン！　ショートブレェッドでーす！」

金剛は、ブレッドの部分を綺麗《きれい》に発音し、返事をした。

「バターをふんだんに使ったクッキーでーす。紅茶に実によく合いますデスねー！」

「長門さん、ショートブレッド知らないんですかあ？」

呆《あき》れるように言う比叡《ひえい》を見て、長門は顔を赤くして下を向いた。

「え？　ああ、うむ、私は戦闘以外のことは、詳《くわ》しくないからな……」

その様子を見ていた金剛は、明るく笑いながら答えた。

「詳しくないナラ、覚えましょうデスねー！　知らないこと、わからないこと、あっても当然デスねー！　知らないナラ、知ればイイノデス！　わからなければ、聞けばイイノデス！　ちっとも恥《は》ずかしいことじゃアリマセン！　榛名《はるな》！　ソファをあと二つ持って来てクダサイ！　長門さんと、あそこでこっち見てる陸奥さんの分デース！」

いきなり名前を呼ばれた陸奥は、え？　という風に目を見開いた。

「私？　私はいいよ、邪魔《じゃま》になるんじゃないの？」

「ティーパーティは、人が多いほど、賑《にぎ》やかなほど楽しいのデース！　ショートブレッドを食べて、感想をぜひお聞かせクダサーイ！」

テーブルの方で、戦艦娘たちがティーパーティを始めたその頃。

リビングの片隅《かたすみ》にあるソファに座っていた赤城が、サイドテーブルの上に置かれたノートにかがみこんで、なにやらじっと考え込んでいた。

ノートには、鎮守府に備蓄《びちく》された各種の資材が表にまとめられている。艦娘の艤装《ぎそう》や装備は、通常の方法では手に入らない。この世界に住む妖精《ようせい》たちの協力が必要だ。

そして不思議な力を持つ妖精といえど、無から有を生み出す力はない。座学で駆逐艦の艦娘たちに龍驤が説明したように、運び込む資材は艦娘が自分たちで手に入れるしかないのである。

赤城の向かいにすっと座った青い弓道袴《きゅうどうばかま》姿の加賀が、赤城の手元を覗き込んで聞いた。

「資材の配分？」

「ええ、午前中に工廠《こうしょう》で開発したけど、九六艦戦の代わりになる、零式艦戦二十一型しか開発できなかったでしょ？ あれもいい機体だけど、この先、戦いが厳しくなるとしたら、もっと強力な艦載機《かんさいき》が必要だな、と思ったの……」

加賀はため息をついた。

「確かに、九九艦爆はいい機体だけど、固定脚では速度が出ない……今はいいけど、そのうちきっと苦しくなる」

「そうなのよ、色々な資材の配分を試《ため》してみて、少しでも性能のいい機体が欲しいな、と思ったの」

「だいぶ、資材の備蓄が減っているようね」

加賀が赤城のノートを受け取って、ぺらぺらとめくって言った。

「長門さんと陸奥さんが来たでしょ。彼女たちの艤装は、演習だけでも資材をかなり消費するわ。実戦となれば、心強いのだけど」

「だからといって、開発をおろそかにしては、艦隊《かんたい》全体の戦力向上は見込めないわ。戦艦よりも、空母や駆逐艦が役立つ戦いもあるのよ。バランスを考えなくては」

まだ艦娘になって日の浅い長門や陸奥は、そうした細かい部分にまで、気配りができない。それらを学ぶためにも秘書艦を担当してもらっているわけだが、加賀の見たところ弊《へい》害《がい》もまた、出てきている。

「ねえ、赤城、提督《ていとく》の秘書艦にならない？」

「え？」

顔を上げた赤城は、頰《ほお》を染めてうつむいた。

「なりたいけど……それを決めるのはあの人であって、私では無いわ……」

「そう……やっぱり、なりたいのね」

加賀の唇《くちびる》に浮かんだ微笑《びしよう》を、赤城は誤解した。

「なによ、笑わなくてもいいじゃない。そういうあなただって……」

加賀はびっくりしたように小さく目を開くと、すっと視線を逸《そ》らした。

「あなたを笑ったわけではないわ……私と同じ……そう思っただけ」

加賀が、小さな声でそう答えたそのとき、駆逐艦娘《くちくかんむす》のいる大広間の方で、なにやら騒《さわ》ぎが持ち上がった。

ことの起こりは、第八駆逐隊の満潮《みちしお》が、酒保《しゅほ》で買ってきたオヤツの『たけのこのチョコ』を食べながら、ぼそりと、

「やっぱりオヤツはたけのこのチョコで決まりよね」

とつぶやいたことだった。

だが、すぐ隣《となり》で、同じように酒保で買ってきたオヤツ……『きのこのチョコ』を食べていた第十八駆逐隊の霞《かすみ》は、その言葉に、カチン、と来た。

霞は、ただでさえ気が強い、提督にだってずけずけものを言う性格だ。

満潮を、キッとにらみつけて言い返した。

「そんなの、誰《だれ》が決めたのよ！　たけのこのチョコなんか子供の食べ物じゃない！」

そう言われては、満潮も黙《だま》ってはいない。

「なによ、チョコとクラッカーなんか、ちっとも美味しくないじゃない。チョコとクッキーの組み合わせが最高よ、それがわからないなんて、どこの田舎《いなか》ものかしら？」

「田舎ものですって？　ふざけるんじゃないわよ！　こう見えても私は浦賀《うらが》の生まれよ？　東京や横浜《よこはま》と目と鼻の先の浦賀。大阪の、それも民間造船所生まれのあんたに田舎もの呼

ばわりされたくないわよ！　このイモ娘《むすめ》！」

　二人の声が大きくなるに従って、周りにいた艦娘たちの注目を浴びるようになったのに気がついた第八駆逐隊の朝潮《あさしお》が、あわてて止めに入った。

「満潮、ちょっと言いすぎよ？　そんなにむきになることないわよ、たかがお菓子《かし》くらいで……」

　この、何気ない朝潮の一言が、満潮と霞の論争をエスカレートさせた。

「たかがお菓子って、なによ！　朝潮はそんな風に、たけのこのチョコを見てたの？」

「そうよ！　たかがお菓子で、片付けられちゃたまんないわ、きのこのチョコは、もはやお菓子を超《こ》えた、立派なスイーツなのよ！」

　あわてて、今度は第十八駆逐隊の霰《あられ》が割って入る。

「そんな意味で言ったわけじゃない……と思うのです」

　だが、どちらかというと内向的な、霰の言葉は、エキサイトしている満潮や霞には届かない。

　やがて、霞と同じ第十八駆逐隊の不知火《しらぬい》が止めに入った。

「霞、そのように騒ぐものではありません。瑣末《さまつ》なことは捨てておけばいいのです。戦いの前にそのように力を消耗《しょうもう》してはいけません、愚《おろ》か者の相手をするのは愚か者です」

不知火の迫力《はくりょく》に満ちた態度を見た霞は、気圧《けお》されたように黙ったが、勝ち気な満潮は黙っていなかった。

「いきなり愚か者呼ばわり？　どっちが愚か者よ、不知火なんて駆逐艦娘の中で、いちばんオバサンっぽいくせに！」

満潮の言葉を聞いて、不知火は逆上した。

「お、オバサンだとぉ？　貴様ァ！　この不知火を怒《おこ》らせたな！　勝負だ！　装備をつけて演習場に来い！」

不知火の剣幕《けんまく》を見た朝潮が、あわてて満潮をたしなめる。

「こら、満潮！　あんた、なんてこと言うのよ！　人が一番気にしてることを面と向かって言うもんじゃないわ。そういうときは、ちゃんとオブラートに包んで言うものよ。落ち着いているとか、駆逐艦《くちくかん》離れしているとか、霧島《きりしま》お姉さまの二代目とか、どっちにしろ、ホントのことは言ってはいけないの！」

今まで黙っていた荒潮《あらしお》が、他人《ひと》ごとのように言った。

「あらあら大変、朝潮、それ収めてない、火に油よお」

不知火の声を聞いて、今まで、自分には関係ない、という顔でマンガを読んでいた陽炎《かげろう》が、むっくりと立ち上がった。

「なに？　装備つけて撃《う》ち合い？　やっと出番ね！」

乗り気になった陽炎と、荒《あ》れている不知火と満潮の後ろでは、霰が呆然《ぼうぜん》と立ち尽《つ》くしていた。

「仲間割れ……とか……嫌《いや》です」

さすがにここまでの騒ぎになると、放《ほう》っておけないと思ったのだろう、長門がやってきた。

「お前たち、今は待機中だぞ！　何をやっている！　もし、この瞬間《しゅんかん》に敵の空襲《くうしゅう》があったらどうするつもりだ！　常在戦場。それが艦娘《かんむす》の心構えだ！」

大きな主砲《しゅほう》を外しているとはいえ、ビッグセブンと呼ばれる、日本を代表する戦艦《せんかん》である。その言葉と態度は堂々としている。

さすがに長門が出てきたとあっては、ケンカもできない。あれだけ騒いでいた第八駆逐隊と第十八駆逐隊の艦娘たちも静かになる。

「そもそもの原因はなんだ？　些細《ささい》なことだろう？　言ってみろ」

満潮と霰は互《たが》いの顔を見合わせた。

やがて、満潮が、おずおずと手に持ったたけのこのチョコを差し出した。

「私が、これ食べながら、たけのこのチョコは最高ね、と言ったら……」

「私が、ふざけないでよ、きのこのチョコの方が上よ、って言い返して……」

長門は目を見開いた。

「なんだ、そんなことか、全くお前らときたら……私は、たけのこのチョコ、きのこのチョコ、どちらも食べたことがない。どちらがいいのかと聞かれても、この長門、返事しかねる……だからどっちの肩《かた》も持たぬ！　さあ、互いに握手《あくしゅ》しろ、それでこの騒ぎは終わりだ！」

満潮と霞はばつが悪そうに、手を差し出すと、軽く握手した。

「ようし、これでこの騒ぎはおしまい！　禍根《かこん》を残すな！　いいな！」

「はい……わかりました……」

そう言って頭を下げたあと、満潮は手に持っていたたけのこのチョコを長門に差し出した。

「長門さん……食べたことないなら、これ、あげます。食べてみてください」

長門は笑いながら箱を受け取った。

「そうか、ありがとう。ケンカになるくらいなんだから、さぞかし美味《おい》しいんだろうな。では一つもらおうか……」

そう言ってたけのこのチョコの箱を開いた長門の目が見る見るうちに見開かれた。

「こ……これは、九一式徹甲弾《てっこうだん》！」

「違《ちが》う違う、似てるけど違う！」

長門は聞いていない。

「気に入った！　この徹甲弾はどこで売っている？　なに？　酒保だと？　わかった！　皆《みな》のもの、この長門に続け！」

さっきまでケンカしていた駆逐艦娘たちをぞろぞろと引き連れて待機室を出て行く長門を見送って、赤城はつぶやいた。

「何とか丸く収まった……のかしら？」

「きのこたけのこ論争に、長門さんが参加するようにならないといいわね」

加賀の言葉を聞いて、赤城は頭を抱《かか》えた。

「ごめん、それだけはかんべんして」

待機時間はもうすぐ終わろうとしていた。

◎午後八時

おでん出汁《だし》の匂《にお》いが、酒保から漂《ただよ》ってくれば、それが『酒保開け』の合図だ。

いそいそと割烹着《かっぽうぎ》に着替《きが》えた鳳翔《ほうしょう》が『居酒屋・鳳翔』ののれんを掛《か》ける。

場所は鎮守府《ちんじゅふ》にある酒保の一角。日中は給糧艦娘《きゅうりょうかんむす》の間宮《まみや》が陣取《じんど》る場所に、軽空母の鳳翔が交代で入る。

昼間は、ちびっこ駆逐艦《くちくかん》の艦娘や、お年頃軽巡《としごろけいじゅん》の艦娘が間宮に甘味をねだる同じ場所が、夜ともなれば大人な重巡・戦艦・空母の艦娘の憩《いこ》いの場となる。

むろん、大人な艦娘が甘味を欲しがらないというわけではない。昼間にたけのこのチョコを買い求めた長門のような例もある。

「お～ええ匂い～」

最初にのれんをくぐったのは、髪《かみ》がぴょんぴょん四方八方に撥《は》ねた艦娘だ。

「あら、隼鷹《じゅんよう》さん。早いですね」

「いや～、今日は機体整備で大変だったからさ～。自分へのご褒美《ほうび》！　明日《あした》への活力！

というわけで、飲ませて飲ませて～」

隼鷹は大声ではしたなく酒をねだりながら、すっと音もたてずに椅子《いす》をひいて座る。

「はい、お通しどうぞ」

差し出された小鉢《こばち》には、キュウリの酢《す》の物にしらすが散らしてあった。

「いただきます！」

手を合わせてから、お通しを箸《はし》でつまむ所作も、作法通りのきれいな動きだ。

――このあたり、さすがは元客船として設計された艦娘さんですよね。

隼鷹は、口調といい髪型《かみがた》といい、かぶいたところばかり目立つが、こういう日常的な振《ふ》る舞《ま》いに、育ちの良さが見えてしまう。

――でも、知らないフリをしてあげましょう。

誰《だれ》にでも、他人に隠《かく》しておきたい自分がある。

「はい、黒ビール。今夜はあまり飲み過ぎないようにね」

「わおっ！　んっ、んっ、んっ、ぷはーっ！」

隼鷹がジョッキに入った黒い液体を半分がとこ飲み干す。

「ひゃっはーっ！」

「あー、隼鷹ったらもう、できあがってるじゃない」

「む。出遅《でおく》れたか。だが、このままでは終わらん。那智《なち》戦隊、追撃《ついげき》するぞ！」

隼鷹に続いて居酒屋に入ってきたのは、すらりとした長身の、モデル体型な重巡艦娘の姉妹二人。美人というよりは、男前、という言葉が相応《ふさわ》しい那智と、口を閉じていれば美人なんだけど、という言葉がよく似合う足柄《あしがら》である。

「まーまー、堅《かた》いこと言いっこなしでさー。せっかくのお酒なんだしー」

「せっかくも何も、あなた毎日、飲んでるじゃない」

「ほらー、あたしも飛鷹《ひよう》も、元は客船じゃん？　知ってる？　客船の中じゃ、航海中、毎晩のように晩餐《ばんさん》会があって、バンドの生演奏でダンスしながらお酒飲めるんだよー」

「ほう、いいなそれは」

こと、酒量に関しては艦娘でも一、二を争う那智である。勝った祝いに酒を飲み、負けた悔《くや》しさで酒を飲む。何もなくても気が付けば、酒瓶《さかびん》があいている。酒を飲むのに理由はいらない。おつまみもいらない。本物の飲んべえである。

「もう、那智姉さんも、隼鷹も、お酒さえあれば人生満ち足りるから楽よねぇ」

ぽりぽりと、那智の分のお通しも口に運びながら、足柄がぶーたれる。

「あれー？　足柄の人生は酒で満ち足りてないのー？　ダメじゃーん」

「ああ。こいつは砲雷撃戦《ほうらいげき》がないとダメだからな。まったく、我が妹ながらウォーモモンガーだ」

――ウォーモモンガー？　戦うモモンガ？　なんだか可愛《かわい》らしいですね。ふふ。

菜箸《さいばし》でおでんの大根の味の染《し》み具合を確かめていた鳳翔は、足柄と同じカチューシャを頭につけたモモンガを想像してしまい、くすり、と笑った。

だが、酔《よ》っぱらいどもはすでに自分が言った言葉を振《ふ》り返ることすらない。艦娘の前に道はない。艦娘の後ろにも道はない。海の上だから。

「そうなのよ。私はもう、砲雷撃戦に生きるしかないの」

酔いが回り始めた足柄が、くすんくすんと泣き始める。いつもの流れだ。

「まーな。重巡洋艦《じゅうじゅんようかん》が、砲雷撃戦苦手やったら、何が残るっつーか」

「居住性を削《けず》った艦体だけだな」

「同型艦《しまい》なのに！　那智姉さんたらひどいわ！」

「鳳翔さーん、おでんの大根、もういけるかな？」

「ええ、もう大丈夫《だいじょうぶ》ですよ」

「私の実力は、夜戦でこそ、発揮できるのよ！　なのに提督《ていとく》ったら、夜戦は危ないからって……そりゃ、私のこと、心配してくれてるのは分かるんだけど……」

「それじゃ、大根。他《ほか》にも適当に味がしゅんでるのを見繕《みつくろ》ってー。それと、次は日本酒ー」

「はい。牛すじも、朝から煮込《にこ》んでるからよさそうね。あと巾着《きんちゃく》とこんにゃく」

「まあ、私も、提督のこと、悪くはないかなー、なんて思うことはあるわよ。でも、どこか子供っぽいのよね、カレって。生活力とかも不安だし」

酔っぱらい同士、相手の言うことなど聞いてやしない。

だが、それゆえにケンカにならない。酒を飲んで自分の言いたいことだけを喋《しゃべ》っていれば、それで胸の中にたまったもやもやとしたものが、晴れていく。

最初に飲み始めたメンバーがほろ酔い気分で気勢をあげていると、第二陣《じん》が入ってきた。

赤と青。色違《いろちが》いの弓道着《きゅうどうぎ》風の装束《しょうぞく》を着た艦娘《かんむす》とくれば決まっている。第一航空戦隊の赤城と加賀である。

「一航戦、赤城、入ります！」

「そんなに気合いをいれなくても……」

赤城は、第一陣と違って、あまりお酒は飲まない。

食べる方に集中する。『くうぼのくうの字は食うと書く』と呼ばれる所以《ゆえん》である。

艦娘は普通《ふつう》は食べても体形の維持《いじ》には困らないものだが、このままでいけば三段飛行甲板《かんぱん》空母ならぬ三段腹空母になるのではないかと、本人が一番気にしている。ときどき、ドックの中で腹の皮をつまんで落ち込んでいるのを鳳翔は知っている。

加賀も大食いに関しては『モヤシましましニイタカヤマノボレ』なラーメンをぺろりと平らげる強者《つわもの》だが、赤城と違い、お酒も大好きだ。ただしアルコールには弱い。あっという間に酔っぱらい、あっという間に潰《つぶ》れる。酔っぱらっても酔いつぶれても表情が変化しないので、周囲が気づかないことも多い。

今日の居酒屋・鳳翔には来ていないが、飛龍《ひりゅう》も酒に強い。大酒飲みは『トラ』あるいは『大トラ』とも呼ばれるが、飛龍についてはそれ以上ということで『トラトラトラ』の称号《しょうごう》を得ている。

「いらっしゃい、赤城さん」

鳳翔が笑顔《えがお》で出迎《でむか》える。

他《ほか》の艦娘に向けるのと同じ、柔和《にゅうわ》な笑顔。しかし、赤城の斜《なな》め後ろにいてその笑顔を見た加賀だけは気づいていた。鳳翔の後ろに立ち上《のぼ》る、闘気《とうき》のようなものを。

この居酒屋は、鳳翔にとっての戦場。

すべての食材をむさぼり尽《つ》くす眼前の赤い大食艦は、鳳翔にとって深海棲艦《しんかいせいかん》以上の敵であってもおかしくない。

その鳳翔の闘気に気づいているのか、いないのか。赤城はいつも通りだ。

「鳳翔さん、今日のオススメはなんですか？」

「そうですね……ちょっと仕入れの関係で、手羽先が大量に入りまして」

ぎらり。

赤城の目が輝《かがや》いたように見えたのは、光の加減だろうか。

「ちょっと濃《こ》いめの味付けで揚《あ》げてみましたけど、どうです？」

「揚げた手羽先ですか。楽しみです」

ずどどん。

席に着いた赤城と加賀の前に、こんがりときつね色に揚げた手羽先を、どっちゃりと載《の》せた皿が運ばれた。

つ〜ん、と香《こう》ばしい香辛料《こうしんりょう》の匂いが、周囲の席にまで漂ってくる。

「こいつはたまんない匂いだねえ。鳳翔さん、こっちも！」

「私もいただこう。酒のつまみにもってこいだ」

第一陣の飲んべえ組が、我も我もと手を上げる。

さっそくの人気に、鳳翔が顔をほころばせるが、はたと気がついて赤城に確認《かくにん》する。

「赤城さん、加賀さんはお飲み物は？」

飲み物なしで食べるには、辛《から》めになっている。

「私はウーロン茶で」

「ビールをお願いします」

あくまで食べることが主の赤城であった。

赤城と加賀はウーロン茶とビールのグラスで乾杯《かんぱい》し、手羽先の山に取りかかった。

「いただきまーす」

「いただきます」

加賀はへの字に曲がった手羽先をつまみあげ、そこでわずかに首をひねった。

手羽先は、鶏《にわとり》の手、つまり翼《つばさ》の部分である。肉だけのかたまりではなく、中には骨と関節が入っているから、丸ごとかぶりつくわけにはいかない。

「こうするんですよ」

赤城は自分も手羽先をつまむと、くにっ、と関節とは逆にひねった。揚げて軟《やわ》らかくなっている関節は、ぽきりと折れる。二つになった翼の先の部分を皿において、太い側に、赤城はかぶりつく。

ぱっくんちょ。

「赤城さん、それだと骨も――」

驚《おどろ》いて声をかける加賀に、手羽先をくわえたまま、赤城がウィンクを返す。そして、くわえた手羽先の端《はし》を持って、口から引っ張り出す。

身が取れた二本の骨だけが、赤城の口から出てきた。

もぎゅもぎゅ、ごくん。

身を咀嚼《そしゃく》し、飲み込んだ赤城が、子供のような明るい笑顔になる。

「鳳翔さん！　おいしいです！」

「はい、よかったです」

第一陣に手羽先の皿を運んでいた鳳翔も、笑みを返す。

「加賀さん、ちょっとお行儀《ぎょうぎ》が悪いですけど、こういう風に食べるといいですよ」

「なるほど。やってみます」

加賀は真剣《しんけん》な顔で、赤城がやったように手羽先を二つに折り、ちょっと恥《は》ずかしいので、片方の手で口を隠すようにして入れる。

表面についた香辛料の刺激《しげき》と、味噌《みそ》の辛さが口に広がる。身を噛《か》んで、引き抜《ぬ》くと、意外なほどあっさりと骨だけが分離《ぶんり》して出てきた。

「おいしい」

「でしょ？　あ、骨はこの壺《つぼ》に入れてね」

すでに三本目の手羽先を骨にした赤城が、壺の中に骨を放《ほう》り込んだ。

それから二人は無言のまま手羽先を骨にする作業に専念した。最初は口元を隠《かく》していた加賀も、ビールが二本目に入るころには気にせず手羽先を口にくわえるようになっていた。

それから居酒屋・鳳翔には、第三陣、第四陣と客が増え、入れ替《か》わりに酔いつぶれた第一陣が、同型艦《しまい》に抱《かか》えられて帰投したりと、いつもの喧噪《けんそう》に包まれていった。

「ふー。ごちそうさまです、鳳翔さん」

ペースは落としたものの、手を止めることなく食べ続けた赤城がお茶で一服つけた時には、居酒屋の中に艦娘の姿はほとんどなく、赤城の隣《となり》では、すよすよと加賀が眠《ねむ》っていた。

鳳翔は洗い物をする手を止め、赤城を見てにっこり笑った。

「いえ。赤城さんにお料理を出すのは、いつも楽しみです」

「私は……」

湯呑《ゆの》みの中をのぞきこみ、赤城は独白するように続けた。

「知っての通り、前の、空母としての私は開戦から一年もしないうちに沈《しず》みました」

鳳翔は答えない。洗った皿を布巾《ふきん》で拭《ぬぐ》い、棚《たな》に戻《もど》していく。

「だから鳳翔さんや、皆《みな》さんが本当に苦しい時に、手助けをすることができませんでした。序盤《じょばん》の勝利には貢献《こうけん》できても、ソロモン海での消耗《しょうもう》戦や、マリアナ、そしてレイテでの決戦に、参加することはできませんでした」

「それを言うのなら、私だって、あの戦いの後は練習空母ですよ？　それにもう、全部終わったことです」

「それは……分かってます。それに、あの戦いはこことは違《ちが》う、別の世界での話です。今の私たちは、軍艦《ぐんかん》ではなく、艦娘。普通の女の子としての心を持つ、別の存在です。それでも、海に出て深海棲艦と戦っていると……」

赤城は口を閉《と》ざした。隣で眠る加賀が、本当に寝《ね》ているかを確認するかのように見て、それから顔をあげて鳳翔を見た。

「時に、本当にまれに、ちょびっとだけですが……心を持たない深海棲艦が、うらやましくなることが、あります。心を持って戦うことが、とてつもなく苦しくなることが」

この世に災《わざわ》いをもたらす相手と分かっていても、人と船の形を持つ深海棲艦を沈めることへの、やるせない思い。

自分や仲間が傷つけられ、沈められることへの怒《いか》りと悲しみ。

いずれまた、戦いに負けて沈んでしまうかもしれないという恐怖《きょうふ》。

そして、そういうことを感じてしまう心を持つ自分へのとまどい。

「私に娘《むすめ》としての心がなければ、こんな悩《なや》みはない。兵器として、軍艦として戦うだけなら、苦しい思いをすることはない、と感じてしまうんです」

「……」

鳳翔は何も言わない。かわりに小鉢《こばち》に入れた漬《つ》け物を出した。

赤城は小鉢を見るやパブロフの犬のように箸を動かし、漬け物を口に運ぶ。

ぽりんぽりん。

「おいしい……おかわりあります？」

「はいどうぞ」

出された器《うつわ》は最初のものよりも大きかった。

それを見て赤城の唇《くちびる》がほころんだ。おかしくてしょうがない、という風に。

「なのに、こうして鳳翔さんのご飯を食べてると、心があって良かったと。娘としての身体《からだ》があって良かったと、思ってしまうんですよ。深海棲艦と戦って、誘爆《ゆうばく》したり大破したりして、このまま沈んじゃうのかな、って思っても。また、鳳翔さんのご飯を食べたいなって。そのために沈みたくない、頑張《がんば》りたい、って思っちゃうんです。自分でも、どれだけ食いしんぼなんだって呆《あき》れちゃうくらいです」

「それで……いいのだと思いますよ」

鳳翔は、赤城の後ろに回ると、手を赤城の肩《かた》にのせた。

「今のあなたは、女の子なんですよ。女の子は、我《わ》が儘《まま》で勝手なことを言ってもいいのです。おいしいご飯が食べたい。友達とおしゃべりがしたい。それでいいんです」

「深海棲艦と戦いたくない、って言っても？」

「本当にそうですか？」

「……いえ」

しばらく考えてから、赤城は言った。

「他の子に戦わせるだけで、私が戦えなかったら、そっちの方が嫌《いや》です。私は第一航空戦隊の航空母艦《ぼかん》、赤城。かつて最強の空母機動部隊の指揮をとり、そして今も——この鎮守府《ちんじゅふ》では、私が最強です」

そこまで言い切った後で、照れたように赤城は「夜戦はのぞきますよ？」と言って笑った。

「なら、それでいいじゃないですか。あなたは戦いたくて戦ってる。自分の誇《ほこ》りのため。他の艦娘《かんむす》を守るため。それが我が儘で自分勝手な理由でも、いいんですよ」

——そして、私にも。私の戦いが。

鳳翔は思い出す。自分が酒保《しゅほ》で居酒屋をやりたいと言った時の、提督《ていとく》の驚いた顔を。

——私は、赤城さんたちと違い、戦力としては二線級です。鎮守府の近海はともかく、遠洋の海域にいる強力な深海棲艦を倒《たお》すには、力不足。

鳳翔は思い出す。かつて軍艦だった頃《ころ》の自分を。練習空母として祖国に残り、他《ほか》の軍艦が出撃《しゅつげき》して帰ってこないのを、何もできずに待ち続けていたことを。

「ねえ赤城さん。私にも我が儘はあるんですよ……こうして、艦娘なのに居酒屋をやってることです。皆さんに美味《おい》しいご飯を食べてもらって、楽しい時をこのお店で過ごしてもらうことです……」

「それは、我が儘っていうよりは、すごく助かることです」

「ええ。でもそうすれば、皆さん、またここに帰ってきてくれるでしょ？　赤城さんが、頑張りたい、って思ってくれたように」

「あ……はい。そうですね！」

「今のところはまだ、赤城さんのように食いしんぼな子限定ですけどね」

「もう！　鳳翔さんたら！」

赤城が頬《ほお》をぷーっ、とふくらませる。

笑いながら、鳳翔はテーブルを拭《ふ》き、片づけを続ける。

まだ残っていた艦娘と一緒《いっしょ》に、赤城も片づけを手伝う。

「むにゃ……赤城さん……」

眠っている加賀の肩には、誰《だれ》かのカーディガンがかけてある。

いつものような一日。

なにもなかった一日。

それでも、それは艦娘にとって、貴重で、輝《かがや》く人生の一日。

そうして鎮守府の夜は更《ふ》けて行き……。

今夜も寮《りょう》に声がする。

「よっしゃー！　元気になったぁ！」

「うるせーぞ！　川内！」

それもまた、艦娘たちの日常。

第2話　その称号に愛を込めて

◎序章

鎮守府《ちんじゅふ》の夜は早い。

午後九時の消灯時間が来ると、鎮守府にある駆逐艦寮《くちくかんりょう》と軽巡洋艦寮《けいじゅんようかんりょう》の各部屋の電灯が消され、常夜灯と呼ばれる階段などにある小さな白熱電灯を残して廊下《ろうか》の電灯もすべて消されてしまう。

「さて、消灯時間ですね。寮内巡視《じゅんし》に参りましょう」

当直長の椅子《いす》に座っていた赤城《あかぎ》が、そう言って立ち上がった。

鎮守府は一種のお役所であり、朝八時半から午後五時までの昼間は、提督《ていとく》が総責任者となって通常の執務《しつむ》が行われている。

そして午後五時以降、翌朝八時半までの夜間は、当直勤務の艦娘《かんむす》たちが鎮守府の管理を任される。

当直長は、当直班の責任者であり、当直時間中は提督と同等の権限、つまり、火災や事件、というアクシデントが発生した際などに、提督に代わって艦娘全員にアクシデントに対処せよ、と指揮命令できる権限を持たされている。

当直長に指名されるのは、戦艦と正規空母であり、訓練のローテーションなどで、そのどちらも勤務に就《つ》けないときは、重巡洋艦娘が当直長になることもある。

今日の当直は、赤城と加賀《かが》、そして摩耶《まや》と鳥海《ちょうかい》、長良《ながら》と名取《なとり》の六人である。

当直室の壁《かべ》に掛《か》かった柱時計を見上げた加賀が、ぽつり、と言った。

「九時五分……少し早すぎないかしら？　駆逐艦娘たちは、まだ起きているはず」

「そう言われればそうね……お布団《ふとん》のなかで、あーだこーだいろんなお話をするあの時間って、一日で一番楽しい時間だものね、見回りはもうちょっと時間を置いてからにしましょうか」

赤城が、にっこり笑ってうなずいたとき、当直室の扉を開けて、摩耶と長良がやってきた。

「正門の施錠《せじょう》終わったぜ。警報装置のスイッチも入れて試験しておいた。女の子ばっかりの鎮守府とはいえ、艦娘相手によからぬことをする馬鹿《ばか》もいないと思うがな」

「火災報知器の回路動作確認《かくにん》も終わりました。寮、本館、倉庫、いずれも異状ありません」

「ご苦労様。鳥海と名取は？」

「ああ、あの二人は、厨房《ちゅうぼう》と焼却炉《しょうきゃくろ》周辺の見回りをやってる。火を使うところは、目視で確認しねえとな」

摩耶の答えを聞いた赤城は満足そうにうなずいた。

「安全確認は、基本に忠実に正直にやるから意味があります。では、鳥海と名取が戻《もど》ってきたら、消灯後の寮内巡視に参りましょう」

「了解《りょうかい》しました！」

摩耶は、そう答えた後で、小声で長良に言った。

「お前、今のうちに仮眠《かみん》室に行って、当直長の寝台《ベッド》のシーツが新しくなっているかどうか確認しておけ。ときどき交換《こうかん》忘れてる班があるから」

「了解！」

長良は、短く答えると、一礼して当直室に隣接《りんせつ》している仮眠室に向かった。

当直勤務は午後五時から翌朝八時半まで一晩続くが、交代で四時間ほどの仮眠を取る。そのため当直室に隣接して仮眠室が設けられている。

シーツ交換や部屋の掃除《そうじ》は、当直班の軽巡洋艦娘たちの仕事である。

◎怪《あや》しき人影《ひとかげ》

寮内巡視は午後九時十五分から始まった。

当直室に留守番の鳥海と名取を残し、赤城、加賀、摩耶、長良の四人で駆逐艦寮から、順番に見回っていく。

廊下の明かりが消えた、薄暗《うすぐら》い駆逐艦寮に足を踏《ふ》み入れると、どこからか、ぼそぼそ、と小さな話し声が聞こえて来た。

「まだ起きているヤツがいるな。注意してくるか」

そう言って腕《うで》まくりする摩耶を見て、加賀がすっと右手を上げて抑《おさ》えた。

「足音を少し大きくして歩くだけでいい。巡視が来たことを知れば、きっと静かになる」

摩耶は、なるほど！　という顔でうなずいた。

赤城と加賀が先頭に立って、懐中《かいちゅう》電灯をつけて、駆逐艦寮の廊下を歩き始めた。

コツ。コツ。コツ。

二人の足音が、静まり返った寮の廊下に響《ひび》く。

赤城は、わざと懐中電灯を振《ふ》って、廊下に面した駆逐艦娘たちの部屋のドアの窓を照らす。

『あ、誰か来た！』

『巡視だ！　ヤバイ！　寝《ね》ないと！』

『静かに！　今日の当直は摩耶さんよ！』

『うひゃ、おっかない！』

部屋の中から小さな声が聞こえて、急に静かになった。

赤城は微笑《ほほえ》んだ。

「摩耶の威力《いりょく》は抜群《ばつぐん》ね」

「いや、あたしは、そんなにおっかなくねーし」

憮然《ぶぜん》とした顔になる摩耶を見て、加賀も微笑んだ。

「きちんとけじめをつけるあなたや、天龍《てんりゅう》みたいな子がいてくれるから規律が緩《ゆる》まない。スパイスは必要」

「まあ、確かに、だらしねえのは好きじゃねえけどな……」

ひそひそ声で、そんな会話を交《か》わしながら、駆逐艦寮の廊下を歩いて、突《つ》き当たりの非常口から、外階段に出た赤城たちは、階下の軽巡寮に向かった。

わざわざ外階段を使うのは、非常口が施錠されていないかを確認する意味もある。

そのまま外階段から、非常口を使って下の階の廊下に入った赤城たちの前に、にこにこ元気一杯《いっぱい》の顔で、一人の軽巡艦娘《かんむす》が立っていた。

「寮内巡視、ごくろーさまです！」

摩耶が、またお前か、という顔で答えた。

「……川内《せんだい》、寝ろ」

「えー？」

摩耶は、不満そうな川内をひきずって、そのまま自室に放《ほう》り込んだ。

「おい、神通《じんつう》、ちゃんと川内に寝るように言っておけ！」

「言っているんですけど……すみません！」

頭を下げる神通を見て、赤城はやれやれ、という顔でつぶやいた。

「川内は一人部屋にした方がいいのかしら？」

「それは嫌《いや》みたい。なんだかんだ言っても、川内も神通に甘えている部分がある。それは川内自身が良く知っている」

「共同生活は、色々気を遣《つか》うわね……」

「ええ……」

加賀は、そう言ってうなずいた後で、ふっと笑った。

「でも、私は、この雰囲気《ふんいき》が好き」

「私もよ」

赤城はそう言うと、また先頭に立って歩き始めた。

巡視が行ってしまった後の寮は、静まり返り、艦娘たちの部屋からは、規則正しい寝息《ねいき》が聞こえ始めていた。

そして、日付も変わった頃《ころ》だろうか。

軽巡洋艦娘の多摩《たま》は、いつものように自分の寝台で丸くなって寝ていたのだが、ふと目が覚めた。

何か、物音がしたような気がする。

「うにゃん……?」

目をこすりながら、頭を上げると、部屋の扉が静かに閉まったところだった。

ということは、同室で同型艦《しまい》の球磨《くま》か木曾《きそ》が、お手洗いにでも行ったのだろう。

「決められたところでちゃんとするのは、いいことだにゃ……」

多摩は、それ以上気にすることもなく、また布団の中で丸くなった。他《ほか》の艦娘たちのように枕《まくら》を使っていると、どうも落ち着かないのだ。

「自室にコタツが置ければ、最高だにゃ……」

くう、くう、と多摩は朝まで、ぐっすりと眠《ねむ》った。

翌朝。

鎮守府《ちんじゅふ》の食堂は、いつものように賑《にぎ》やかな朝食時間を迎《むか》えていた。

「響《ひびき》！　あなたニンジン好きでしょ？　大好きでしょ？　だから暁《あかつき》の分もあげるわね！」

「一人前のレディは、好き嫌《きら》いなんかしないものだと思うよ」

「そうなのです、好き嫌いは良くないのです」

「そう言いながら電《いなづま》もピーマン後回しにしてるじゃない！　ちゃんと食べなきゃ駄目《だめ》なのよ！」

「はわわっ、べ、べつに嫌いなわけじゃないのです！　雷《いかずち》の気のせいなのです」

「一航戦、赤城、おひつのおかわりを所望《しょもう》します！」

「食べ過ぎよ、赤城さん……あ、私もお漬《つ》け物のおかわりを」

「那珂《なか》ちゃんはアイドルだからぁ、カロリー計算もばっちり！　というわけでおかわりはやめときまーっす！」

「うー……夜戦のなかった次の日の朝は、食欲湧《しょくよくわ》かない～……」

「川内姉さん！　髪《かみ》がお味噌汁《みそしる》の中に入ってます！　起きて～！」

百人を超《こ》える艦娘たちが一斉《いっせい》に朝食を食べている光景は、壮観《そうかん》である。

そんな中、多摩も朝食を食べていた。

ほかほかのご飯にちりめんじゃこをたっぷり載《の》せて、醤油《しょうゆ》をかけ回し、よく混ぜてから、パクリといただく。

もぐもぐもぐ……と咀嚼《そしゃく》すると、醤油の香《かお》りと、ちりめんじゃこのうまみが、炊《た》き立ての白米と渾然一体《こんぜんいったい》となって、口の中いっぱいに広がる。

米の甘みが出てくると、もうそれだけで、幸せな気持ちになる。

わかめのお味噌汁は熱いので、よく冷ましてから最後に、おかわりしたご飯にかけて食べる所存である。まさにねこまんまである。

「朝は、やっぱりこれが一番にゃ。食が進むにゃ」

その隣《となり》では『姉』にあたる、球磨型軽巡洋艦一番艦《けいじゅんようかんネームシップ》である球磨が、これまた食欲旺盛《おうせい》に食べていた。

ししゃも、めざし、アジのひらき……次々と魚に頭からかぶりついていく。もぐもぐもぐ、ごりごりごり。頭も尻尾《しっぽ》も骨もお構いなしである。

「いやいや、さすがにそれはどうなんだ……」

と、思わずツッコミを入れたのは、さらにその隣で朝食を食べていた、球磨型軽巡洋艦姉妹の末っ子にあたる、五番艦・木曾であった。

元気一杯食欲旺盛の姉たちに比べて、木曾はなんだか眠そうである。

「なに言ってるクマ。骨にはカルシウムたっぷりだクマ。カルシウムは大切だクマ」

「そうだにゃ。ちりめんじゃこもししゃももめざしも、カルシウム一杯だにゃ。栄養はバランス良く摂《と》らなきゃ駄目だにゃ」

「それを言うなら、まずビタミンだろ……おめーら野菜食わねえじゃねえか」

「クマ？」

「にゃ？」

たしかに、球磨と多摩の前には、野菜は見当たらない。

食べてしまったわけではなく、初めからない。

お漬け物すら、ない。

どこにも、ない。

「気のせいだクマ」

「気のせいだにゃ」

しかし、球磨と多摩は、言い切った。きっぱりと。はっきりと。すっぱりと。

そして、それぞれの朝ご飯に戻《もど》る。

もぐもぐもぐ。ごりごりごり。

「いやいや、スルーすんな！　おめーらに栄養バランスのこととか言われたくねえから！」

そう言って木曾は、すっと箸《はし》を伸《の》ばし、球磨のアジのひらきと、多摩のちりめんじゃこを没収《ぼっしゅう》した。

「あああ⁉　おねーちゃんの朝ご飯を横取りするクマ⁉」

「ひどいにゃひどいにゃ。木曾はおねーちゃんたちのこと嫌いにゃ？」

「嫌いとか好きとかじゃねーよ！　ちっとは野菜食えよ！　これは没収！　あと自分たちのこと『おねーちゃん』とか言うな！　俺が同類に見られるから！」

「でも木曾は可愛《かわい》い可愛い妹にゃ」

「そうだクマ！　木曾は妹だクマ！」

「語尾《ごび》に『キソー』ってつけなくても、妹に変わりはないにゃ」

「でも本当は語尾に『キソー』ってつけて欲しいクマ」

「何の話だよワケわかんねえよ！　とにかく、これは没収！」

「ううー、ひどいクマー」

「あんまりだにゃー」

悲嘆《ひたん》に暮れる姉二人のことは素知らぬふりで、没収したアジのひらきとちりめんじゃこをどこかに片付けて、木曾は眠そうにお味噌汁をすすった。

一夜明けた翌朝の食堂で、朝食の献立《こんだて》を見た多摩は喜びの声を上げた。

「にゃー！　今日はおかかがあるのにゃ」

多摩は喜び勇んで、鰹節《かつおぶし》が入った小鉢《こばち》に手を伸ばした。正確には、ほうれん草のおひたしに鰹節をかけたものだったのだが、多摩はほうれん草には目もくれず、鰹節だけを器用に小鉢からご飯の上に載せた。そして、醬油をさっと一回し。

温かいご飯の上で踊《おど》っていた鰹節が、醬油でしんなりとしたところで、多摩はぐりぐりとご飯をかき混ぜる。鰹節の香りがひときわ強くなってきた。

「にゃあー！　いただきますにゃ！」

テンションアゲアゲで鰹節ご飯……というか、これもまさにねこまんまをほおばる。鰹節の持つうまみが醬油と温かいご飯で引き立てられて、たちまち多摩のほっぺたが落ちそうになる。

「おいしいにゃ。幸せにゃ」

一方、となりの球磨も大喜びだった。今日のおかずに、焼き鮭《じゃけ》があったからである。

「鮭だクマー！　サーモンクマー！」

これまた昨日のように、身も皮も骨も一緒《いっしょ》に口の中に放り込む。もぐもぐもぐ。ごりごりごり。

「いやいや、お前ら野菜もちゃんと食えよ……」

さらに隣に座っていた木曾が、呆《あき》れた顔で呟《つぶや》いた。

「鮭は頭からしっぽまで捨てるところがないクマ。完全食クマー」

「いや、それ完全食の意味違《ちが》うだろ……」

胸を張って主張する球磨に軽くツッコんで、木曾はふああ、とあくびをした。

「どうしたクマ？　寝不足《ねぶそく》クマ？」

「ふぁ……あ、い、いや、なんでもねえよ。なんでもねえってば」

「うにゃ？」

慌《あわ》ててあくびをかみ殺した木曾の様子に、球磨も多摩も一瞬《いっしゅん》怪訝《けげん》そうな顔をしたが、

「さ、さてと、それじゃ俺は食い終わったから、もう行くぜ」

いつの間にか、木曾の食器の中は空になっていた。じゃあな、お先、と木曾は席を立ち、さっさと食器を片付けていく。

その木曾の振《ふ》る舞《ま》いに、何か引っかかったような気がする、多摩と球磨……。

「んっ!?」

「どうしたにゃ、球磨？」

「……の、喉《のど》に鮭の骨が引っかかったクマー!?」

もがき出す球磨。だが、もがいても、指を口に突《つ》っ込んでも鮭の骨はとれない。

「球磨、慌てちゃダメにゃ。ご飯を丸呑《まるの》みするにゃ」

「クマー！」

大騒《おおさわ》ぎでお茶碗《ちゃわん》にご飯をよそって差し出す多摩。それを口いっぱいにほおばって、ゴクリと丸呑みする球磨。

二人がドタバタ騒いでいるうちに、木曾はとっくに食堂を出て行ってしまっていた。

ごくん、とご飯を丸呑み終わって、一息ついた球磨が首をかしげた。

「腑《ふ》に落ちないクマ」

「まだ骨が落ちないのかにゃ？」

「骨は落ちたクマ。私が言っているのは、最近の木曾のことクマ」

多摩は、ああ、そうか、という顔でうなずいた。

「確かに、妙《みよう》だにゃ」

「姉の私が鮭の骨を喉に引っかけて苦しんでいるのに、知らん顔クマ。ひどいクマ」

「いや、それは木曾が出て行った後のことにゃ、木曾が知らないのは無理もないにゃ。ワタシが言っているのは、毎晩毎晩、そっと部屋を出て行くのが木曾かもしれない、ということにゃ」

多摩の言葉を聞いて球磨は目を丸くした。

「そんなことがあったクマ？　知らなかったクマ」

「球磨じゃないとしたら、あれはやっぱり木曾にゃ。ここのところ毎晩、真夜中に部屋を出て行くにゃ。最初はトイレかと思ったにゃ。でも、同じ時間に行くのはおかしいにゃ」

「確かにそうクマ……最近よそよそしいのもそのせいかもクマ」

多摩と球磨が心配そうに顔を見合わせていたその頃《ころ》。

そこから少し離《はな》れたテーブルでは、駆逐艦娘《くちくかんむす》たちが、ウワサ話で盛り上がっていた。

「ねえ、聞いた？　軽巡寮《りょう》の裏口に出る幽霊《ゆうれい》の話……」

「何の話だ？　詳《くわ》しく聞かせろ！」

初霜《はつしも》の言葉を聞いて身を乗り出したのは、同じ第二十一駆逐隊の若葉《わかば》だった。

「なによ、若葉ってそういう話が好きなの？」

「うむ、嫌《きら》いではない。この世のものならぬ存在に興味があるのだ」

「今日は何の日？　オバケの日～」

「これ、子日《ねのひ》、脈絡《みゃくらく》の無いことを突然《とつぜん》言うでない。ささ、早《は》よう述べるのじゃ初霜」

子日をたしなめた初春《はつはる》が、身を乗り出す。

「なによ～初春だって興味津々《きょうみしんしん》、じゃない！」

抗議《こうぎ》する子日をそのままにして初霜が話し始めた。

「えっとねえ、最初の話は一昨日《おととい》の夜ね。当直の名取さんが、午前一時頃《ごろ》に夜間巡視《じゅんし》で寮の見回りに出たとき、軽巡寮の非常階段の下に、人影《ひとかげ》みたいなものが動くのを見たんだって……」

「ヒトカゲ？　あ、わかったポ○モンだ。あれも息が長いよねー」

「子日、あんたうるさい、黙《だま》ってな」

「えー」

子日の抗議を聞き流して若葉が聞いた。

「で？　その怪《あや》しい人影ってのは、結局なんだったんだ？」

初霜は首を振った。

「わかんないの。名取さんは、怖《こわ》くてそのまま帰って来ちゃったんだって。話を聞いた鳥海さんとか、仮眠《かみん》中の赤城さんと摩耶さんとかも起きてきて、全員で、寮の周りを捜《さが》してみたんだけど、誰《だれ》もいなかったんだって」

「何かの見間違《みまちが》いではないかの？」

初春の言葉を聞いた初霜は首を振った。

「この話には続きがあるの。これは昨夜《ゆうべ》の話なんだけどね。ほら第七駆逐隊の潮《うしお》って子いるでしょ？」

「ああ、あの胸部装甲《そうこう》が駆逐艦離《くちくかんばな》れしている子じゃな？」

「あの子が昨夜の午前一時頃、トイレに起きたら、寮の窓の下を誰かが小走りに歩いていくのを見たんだって……」

「で？　どうなったのじゃ？」

「潮って、引っ込み思案じゃん。怖くなって部屋に戻ってきて震《ふる》えてるのを見た曙《あけぼの》が気がついて、潮から話を聞いて、当直室に走ったんだって」

「そういえば昨夜、外でなにやら話し声が聞こえたような気がしたが、あれがそうだったのかえ？」

「でもそれって、ただの不審者《ふしんしゃ》だと思うなあ。なんでそれが怪談《かいだん》なの？」

不満そうに唇《くちびる》を尖らす子日を見て、初霜が答えた。

「そいつが人間だとして、そいつの目的は何？　確かにこの鎮守府《ちんじゅふ》には若い女の子が一杯いるけど、艦娘《かんむす》が大砲《たいほう》や魚雷《ぎょらい》を装備していることは、みんな知ってるし、たとえ、泥棒《どろぼう》とか変質者が入ってこようとしても、外周の塀《へい》には警報装置がついているから、すぐに見つ

「そうじゃな、侵入者《しんにゅうしゃ》が塀を乗り越《こ》えようとした瞬間《しゅんかん》に、当直室に警報が鳴り響《ひび》く。当直員の艦娘は全員完全武装じゃ、一撃《いちげき》で倒《たお》されるじゃろう」

「じゃあ、川内先輩《せんぱい》じゃないのお？」

「川内先輩は、真っ先に調べられたらしいわ、部屋から一歩も出ていなかったみたいよ？」

「ふうむ、なにやら気味が悪い話じゃのう……」

「青葉《あおば》先輩が、取材と称《しょう》して、色々聞いて回ってるみたいだから、そのうち、青葉先輩のドヤ顔が拝めるかもしれないわね」

子日は、にこにこ笑って言った。

「うん、もし何かわかったら『スクープです！　青葉見ちゃいました！』ってドヤ顔するだろうし、もしわからなかったら『大ニュース！　なんと、何もわからないことがわかりました！』とか言ってドヤ顔するよね、きっと」

◎本日の授業

午前十時。

鎮守府二階の中会議室では、今日も艦娘たちに海軍の組織や、装備について教える「座学」が行われていた。

今日の座学には、駆逐艦娘だけでなく、軽巡《けいじゅん》艦娘も参加するよう、朝の業務予定連絡《れんらく》で伝えられている。

「座学は久しぶりクマ」

「あ、ここに座るにゃ。窓際《まどぎわ》で暖かいにゃ」

多摩と球磨に連れられ、木曾は窓際の席に座った。

駆逐艦娘たちは前の方に座らせて、軽巡洋艦娘たちは、後ろや窓際に陣取《じんど》っていた。いわば先輩としての役得である。

「今日の授業はなんだったっけクマ」

「予定表には、海軍の人事と呼称《こしょう》とか、書いてあったにゃ」

「なんだか眠《ねむ》くなりそうな授業だクマ」

多摩と球磨がそんな話をしている横で、木曾はそのまま、心ここにあらず、といった様子で窓の外を見ていた。

やがて、ずし、ずし、ずし。板を軋《きし》ませる音が、会議室に近づいてくるのと同時に、駆逐艦総代の吹雪《ふぶき》が号令を掛けた。

「きをつけぇーっ！」

ガタガタと音を立てて会議室の中にいる艦娘たちが一斉《いっせい》に立ち上がる。

だが、いつまでたっても講師が会議室の中に入って来ない。

「？」

起立した艦娘たちが怪訝《けげん》な顔で見つめる中で、入り口に立って出迎《でむか》えていた吹雪が、あわてて叫《さけ》んだ。

「仰角《ぎょうかく》、砲塔《ほうとう》の砲《ほう》に仰角ついてます！」

「あら、ごめんなさい。ん、よいしょ……んん」

「斜《なな》めに、ちょっと斜めになって入ってください」

「ん。こう……かしら？」

「はい、あ。そこでストップ。今度は逆にねじって」

「うんしょ、うんしょ……おかしいわ。前はこれで入れたはずなのに」

まるで、狭《せま》いアパートの部屋の中に買い換《か》えた大型冷蔵庫を運び込んでいるようなやり取りを繰《く》り返しながら悪戦苦闘《あくせんくとう》することしばし。

「ありがとう、吹雪ちゃん」

ようやく会議室に入ることができた先生役の扶桑《ふそう》が、ほつれた髪《かみ》をかきあげ、当番の吹雪に礼を言う。

「いいえ。中に入れて良かったです」

「装備外して来ても良かったのかもしれないけど、皆《みな》さんの前でお話しするなら、正装しなくちゃって思って、ちゃんとフル装備で来たんだけど……と、いけない。授業を始めないと」

演壇《えんだん》に立った扶桑が、皆にぺこり、と頭を下げた。

背中に装備された主砲塔《しゅほうとう》が、一緒《いっしょ》にぐわん、と揺《ゆ》れる。

「扶桑です。今日は、艦隊《かんたい》の組織と称号《しょうごう》についてお話しするわね。あなた達くらいの年頃だと、組織とか決まりとか言われると、なんだか窮屈《きゅうくつ》そうに感じちゃうでしょうね」

そう言って微笑《ほほえ》んだ扶桑は、教本と一緒に持ってきたケースから、眼鏡を取り出して、掛けた。

おおー、というどよめきが起きた。

「扶桑さん、カッコいいクマー」

「ホンモノの教師みたいにゃ」

球磨と多摩が、素直《すなお》な感想を口にする。

扶桑の眼鏡は、シンプルで実用的な四角いもので、お洒落《しゃれ》な要素は皆無《かいむ》だ。それが逆に良いアクセントとなっている。

扶桑は、まんざらでもない、という表情で、話を始めた。

「それでは……これから称号についてお話ししましょう。称号というのは簡単に言ってしまえば、肩書《かたが》きみたいなものです。

たとえば皆さんの中には、提督《ていとく》のことを『司令』とか『司令官』と呼ぶ人もいますね？同じ人なのに、なぜ、呼び方が違《ちが》うのか、疑問に思ったことはありませんか？」

艦娘たちは互《たが》いに顔を見合わせる。

「そういえば、あたしは提督、って呼ぶわね」

白露《しらつゆ》の隣《となり》に座っていた時雨《しぐれ》がうなずく。

「うん、僕も白露と同じで提督、だよ」

その後ろに座っていた綾波《あやなみ》が、困ったような顔でつぶやいた。

「私はいつもは司令官、ですね。提督って呼ぶのがイヤなわけじゃないんですけど……」

隣の敷波《しきなみ》もうなずく。

「ん～、提督って、なんかしっくり来ないんだよな。あたしも司令官の方がいいな」

「雪風《ゆきかぜ》は司令《しれぇ》です！　司令官でもいいです！」

「巻雲《まきぐも》は司令官様を司令官様って呼びますよ。えっへん」

雪風と巻雲。このあたりになると呼び方も独自のアレンジが強い。

がやがや言い合っている駆逐艦娘《くちくかんむす》の中にいた五月雨《さみだれ》が手を上げた。

「私達、あまり意識せずに提督とか司令官とか呼んでましたけど、こういうのって、ちゃんと使い分けないといけないんですか?」

扶桑はふんわりと微笑んだ。

「心配しないで。称号というのは、かなり自由なものなので、無理に統一する必要はないの。間違《まちが》えちゃいけない、統一しなくちゃならないのは、称号じゃなくて階級ね。

みんなも知っていると思うけど、少佐《しょうさ》とか、中佐とか、そういうやつね。個人の位だから同じ階級の人はたくさんいるわね。

司令官というのは階級じゃなくて役職なの。つまりその人がどういう仕事をしているのか、その権限を意味する呼び名なの。司令官というのは、艦隊司令官とか、基地司令官など、部隊を指揮する総責任者の役職のことで、階級とは直接関係ないの。

大佐が司令官になることもあるし、少将が司令官になることもあるってわけ。

そして『提督』というのは、名誉《めいよ》称号《しょうごう》みたいな言い方で、司令官クラスの海軍の偉《えら》い人、という意味で使われているのね。階級とも役職とも違うどちらかというと尊敬語的な呼び方で、セレモニーみたいな席で、海軍の偉い人を呼ぶときに使われる言葉なの」

漣《さざなみ》が、ぼそり、とつぶやいた。

「水商売のお姉さんが、男のお客さんなら、誰《だれ》でも『社長さん』って呼ぶようなものかしら？」

扶桑は困ったような顔でうなずいた。

「ちょっと違うけど……まあ、ニュアンスとしては似たようなものね」

ずっと黙《だま》って話を聞いていた天龍が手を上げた。

「結局、どうすればいいんだ？　うちの鎮守府《ちんじゅふ》にいる、アイツは、なんと呼べばいいんだ？　提督か？　司令官か？　司令官って言うなら第一艦隊の司令官ってことなのか？

うちには、今はもう第二、第三、第四艦隊まであるんだぜ？」

「あらあ、天龍ちゃん。それはアレよ、きっと連合艦隊司令長官、っていうヤツよ」

龍田《たつた》の答えを聞いて、吹雪が首をひねった。

「あれ？　じゃあ、司令のことは、司令長官って言うのが正しいの？」

「でも、そんな風に呼んだ事ないよ？　だって、司令は一人だもん」

艦娘たちは互いに話をしているうちに、混乱してきたようだ。

その様子を、扶桑は、面白《おもしろ》そうに眺《なが》めていた。

――この子たちは、無意識に使っていた『提督』や『司令』という言葉の違いを自覚して、自分なりの考えや疑問が生まれたようですね。いいことです。

この子たちは、この世界に生まれてくる時に、深海棲艦《しんかいせいかん》との戦いに必要な知識やスキルが最初からインストールされている。けど、それは無自覚に力を使っているだけ。持っている力を巧《うま》く使えるようになるには、演習や実戦で経験を積んで、それを自分の知識とすり合わせて覚えていかなくてはいけないのよね……。

がやがや言い合っている駆逐艦娘たちを見て、扶桑は手を上げた。

艦娘たちが静まり返る。

「皆さんの呼び名が、交ざっているのは、水雷《すいらい》戦隊で戦うときの指揮官の呼び名である『司令』と、この鎮守府のようなところで、儀礼《ぎれい》的に呼ばれる場合の『提督』が、一緒になっているからよ。

昔の軍艦《ぐんかん》には、数百人から、多いのになると千人以上の人が乗っていたわ。だから、どんな艦を造って、どんな風に動かすのか、というのを法律で決めたし、時代が変化すると、その法律も変えていったわ。

この鎮守府は、そういった決まりとは違う、新しい法律や規則で動いているの。だから、司令、と呼んでも提督、と呼んでも、それは間違いじゃないのよ」

そのとき、駆逐艦娘の如月《きさらぎ》が手を上げた。

「提督は秘書艦娘の身体《からだ》に触《さわ》ってもいいって、規則で決まってるんですよね！」

「え？　あ、ごめんなさい、そういう法律や規則があるかどうかは、わからないわね……」

扶桑の答えを聞いて、艦娘たちが再びざわめいた。

「やたらと触られちゃうんだよね」

「頭を撫《な》で撫でされるのは、レディとしては不満だわ」

「格納庫まさぐられてる空母のお姉さんもいるみたい」

「まさぐるって、なんだか卑猥《ひわい》よね」

「提督って、エッチっぽい？」

「きゃー」「わー」「エッチだー」「ロリだー」

駆逐艦娘は、思春期の心と身体を持った女の子ばかりということもあって、そういう話になると一気に脱線《だっせん》する。

「球磨も提督にはよく撫でられるクマ。気持ちよくて眠《ねむ》りそうになるクマ」

「多摩も提督につい、じゃらされてしまうにゃ。恐《おそ》ろしいにゃ」

「ある意味、深海棲艦よりも手強《てごわ》い敵だクマ」

「脅威《きょうい》度では、冬場のコタツに匹敵《ひってき》するにゃ」

球磨と多摩は、駆逐艦娘たちとはちょっと違う形で提督を脅威と認めていた。

「木曾は、提督のあれをスキンシップだと言い張ってるけど……木曾、どうしたクマ？」

木曾は、ぼんやりと、心ここにあらず、という風に窓の外をながめていた。

「お腹が空《す》いたのかクマ？」

「お腹《なか》が痛いのかにゃ？」

ぱんぱん、と扶桑が手を叩《たた》いた。

「はいはい。座学を続けますよ。司令官、というのは指揮するのがお仕事。でも、出撃《しゆつげき》する時には、提督は鎮守府に残ります。

だから、実際の戦いでの細かい部分、どんな風に艦隊《かんたい》を動かして、敵とどう戦うかは、提督ではなくて旗艦《きかん》に任されているの。提督は、艦隊をどの海域に向けるか、作戦を続行するか、中断して艦隊を鎮守府に帰投させるかを決めるのがお仕事になるわ」

「役割分担、ですね」

吹雪の言葉に、扶桑がうなずく。

「指揮権の委譲《いじよう》、とも言うわ。それと、修理が必要な艦娘をどの順番でドック入りさせるか決めるのも、提督のお仕事ね」

「物資の備蓄《びちく》も、提督のお仕事だよね」

「あたし、当番で秘書艦娘やったことあるけどさ。提督《ていとく》って仕事の間、ずーっと資源の消費量の計算とか、任務の書類作成とかやってたよ。あたしも、手が真っ黒になるまで、計算と検算を手伝わされてさ。もう、夢の中まで数字が追いかけてきて、あれにはまいっちゃったね」

「うわー」「やめてー」「数字見たら眠くなっちゃうー」

少し得意そうな顔で苦労話をする敷波の言葉に、艦娘たちが顔をしかめて笑う。

「今は、提督と秘書艦娘とでお仕事を回してますけど、将来は皆《みな》さんにも戦う以外のお仕事をお手伝いしてもらうことが増えると思います」

「うう……どんなお仕事でも、雪風は、負けません……から」

「巻雲も、お役立ちですよ！　……たぶん」

不安そうな雪風と巻雲に、安心させるように扶桑は微笑《ほほえ》む。

「大丈夫《だいじょうぶ》です。皆さんの適性はちゃんと見ています。皆さんの力で無理なことはさせませんよ」

「はー、良かった。それなら、私は夜戦だけやればいいわね」

「駆《か》けっこなら、誰にも負けないよ！」

提督や自分を信頼《しんらい》している艦娘たちの様子に、ちくり、と胸が痛む。

——艦娘たちに無理なことはさせない。そうしたい気持ちがあるのは、嘘《うそ》ではないわ。

でも、危険な場所に赴《おもむ》けという命令を下さねばならないというのも事実です。

扶桑の脳裏《のうり》を『轟沈《ごうちん》』という言葉がよぎる。

その言葉を振《ふ》り払《はら》うように、扶桑は小さく首を振った。

——いえ、そういうことにならないために、提督が、頑張《がんば》っているのです。私はあの方を信じます。私にできることはそれだけだから……。

扶桑は、顔を上げて、艦娘たちを見回して言った。

「今の鎮守府は、提督と艦娘が一緒《いっしょ》に作り上げた規則で動いています。過去の規則をアレンジして作っていますから、ところどころちぐはぐなところがあります。おかしい、と思ったら言ってください。提督と相談して変えることもできます。でも——」

扶桑は眼鏡をはずし、背筋を伸《の》ばして言葉を続けた。

「決まりを変えるまでは、いくら間違っていると思っても規則に従ってください。怒《いか》りと敵愾心《てきがいしん》を燃やすのは正しい戦い方です。しかし、憎《にく》しみの炎《ほのお》を燃やすのは正しい戦い方ではないのです。憎悪《ぞうお》は簡単に規則を越《こ》えてしまいます。私も提督も皆さんも、無法者であってはならないのです！　この鎮守府は無法者に用はありません！」

扶桑の言葉に込められた真心を感じて、しん、と艦娘たちが静かになる。

もちろん、ここで扶桑が言った『規則』とは戦う時の交戦規則《ルール・オブ・エンゲージメント》が念頭にある。鎮守府での日常生活の『ご飯を食べる前に手を洗いましょう』というルールを守らなければ鎮守府を追い出す、という意味ではない。

だが、その部分をまるっきり勘違《かんちが》いして、冷や汗《あせ》を流している艦娘がいた。

──やべえ、どうしよう？　俺がやっていることは完全な規則違反《いはん》だ。もし、アレが見つかったら俺は鎮守府を追い出されちまうんだ……。

思いつめていた艦娘に、隣《となり》の艦娘が話しかけた。

「大丈夫か木曾？　すごい汗クマ……」

「やっぱりお腹痛いのかにゃ？」

だが、木曾の耳には、球磨と多摩の言葉も聞こえない。

──やばいやばいやばい……。

ひょっこり。

まさにそのとき、開いた窓の外に猫《ねこ》の尻尾《しっぽ》がのぞいた。

ガタン！　木曾が思わず立ち上がる。

「木曾さん、どうしました？」

扶桑が気遣《きづか》わしげな顔になる。木曾の顔は青く、脂汗《あぶらあせ》が浮《う》いているのだから当然だ。

「あ、木曾はお腹が痛いにゃ」

「球磨と多摩で、医務室に連れていくクマ」

「え？　いや、俺は……」

がしっ、がしっ。両脇《りょうわき》からお姉ちゃん二人が木曾の腕《うで》を取り、連行するような形で会議室から木曾を引きずり出す。

みんなの視線が、木曾たちに向いている中、窓の外でふらふらしていた猫の尻尾が、いつの間にか消えていた。


午前中の座学が終わり、昼食時間となった。

昼食時間は四十五分だが、艦娘たちは十五分ほどで食事を終わらせ、残りの三十分を昼休みとして自由に過ごすのが日課だった。

昼食後の自由時間は、提督も同じである。

提督は、昼食をいつも執務室《しつむ》に併設《へいせつ》されている控《ひか》え室で食べる。

食堂の一角に、専用のスペースがあるのだが、艦娘たちが気楽に食事できるように、食堂へは行かないことにしているのだ。

食堂に行くのは、週に一回、戦艦娘《せんかんむす》や空母艦娘たちと、士官食堂で夕食を食べながら話をする懇親会《こんしんかい》の時だけだ。

昼食を終え、執務室のある本館の建物を出て、酒保《しゅほ》に向かおうとした提督は、艦娘たちの寮《りょう》の非常階段の下から、一匹《いっぴき》の猫が姿を現すのを目撃《もくげき》した。

「ん？」

野良《のら》ではない。その証拠《しょうこ》に首にリボンが巻いてある。

提督は、そのリボンに見覚えがあった。

——あの色は……軽巡娘《けいじゅんむすめ》のネッカチーフの色だな……艦娘寮は、ペット禁止なんだが……どうやら艦娘の誰《だれ》かが、こっそり飼っているみたいだな。

提督がそういう結論になるのは、論理的な帰結である。

猫は何かを探すように視線を右へ左へと向ける。提督には目もくれずに、小走りに、杉《すぎ》の大木が並んでいる、鎮守府《ちんじゅふ》の裏手に向かって歩いていく。

——追いかけてみるか。

提督は杉林の中に足を踏《ふ》み入れた。下生えの笹《ささ》をがさがさと踏み分けて進む。

猫はちらりと提督の方を振り返った後、やはり興味なさそうな顔で、そのまま奥へ、奥へと向かう。

ネコの首に巻いてあるエンジ色の布に木漏《こも》れ日が当たると、まるで点滅《てんめつ》しているように見える。

――あの色は、球磨型軽巡娘のネッカチーフの色だな……そういえば、昼休み前に医務室に体調を崩《くず》した木曾が運ばれた、という話だったな……医務室に運んだ球磨と多摩の話だと、睡眠《すいみん》不足からくる体調不良だったみたいだけど……。

提督は木曾の顔を思い浮かべた。

――あいつは戦意旺盛《おうせい》でタフな闘士《とうし》タイプの艦娘で、水雷《すいらい》戦隊の斬《き》り込み隊長として優《すぐ》れた資質を持っている。ただ、似たタイプの天龍と比べると、周囲が見えておらず、少し危なっかしい感じがあるな。

――演習で見てると、球磨と多摩が木曾の動きをフォローする形で動いている。球磨も多摩も木曾に負けず劣《おと》らずマイペースなんで、うまくいかないことが多い。木曾の欠点を矯正《きょうせい》するより、長所を伸ばす相手と組ませて艦隊を編制するべきかもしれないな……。

猫を追って杉林を進みながらも、提督の思考は、艦娘の編制に移っていた。ほとんど職業病のようなものである。

だから、猫が杉林を抜《ぬ》けた先にあった壊《こわ》れた塀《へい》の隙間《すきま》を通り抜けた時にも、提督は、そこになぜ塀があるのかを意識せずに、後を追いかけた。

塀の中には、古びた、神社のような木造の建物があった。

水の匂《にお》いと、何かに水を掛《か》ける、ざあっ、という音が聞こえてくる。

提督は、それが意味することをあまり考えずに、猫を追いかけて足を進めていた。

やがて、建物の角を回って、庭先のような場所に入った猫が足を止めた。何かをじっと見ている。

猫を追っていた提督も足を止めた。視線を上げ、猫が見ているものを見た。

白い、背中があった。

ざあっ。流水が、肩《かた》から背中、そして尻《しり》から太ももを流れて、丸石が敷《し》き詰《つ》められた地面へ落ちて水滴《すいてき》を散らした。

そこでようやく、提督は自分が何を見ているのか理解した。

「あら」

落ち着いた声が聞こえてきた。

――見つかった!?

提督の心臓が、どくん、と跳《は》ねる。

――今すぐに土下座すれば、命は助かるかもしれない。

海に沈《しず》められて『号外：提督が鎮守府湾《わん》に着底しました！』と青葉タイムスに書かれるのだけは避《さ》けたい。その声の持ち主には、眉《まゆ》ひとつ動かさず、そういうことをやりかねないところがあった。

「あなたも、水浴びがしたいのかしら？」

提督が混乱しながら、おそるおそる視線を上げると、艦娘の視線は提督ではなく、いつの間にか近くに寄っていた猫に向けられていた。

「でも、ダメ。ここは穢《けが》れを祓《はら》う禊《みそ》ぎの場よ。艦娘以外に、ここはゆずれません」

猫はにゃー、と一声鳴くと、すたすたと立ち去っていった。

猫を見送る艦娘の、水に濡《ぬ》れた端整《たんせい》な横顔に、提督は思わず見とれていた。

――加賀って、あんな顔もするんだな。

赤城と並ぶ、この鎮守府艦隊《かんたい》でエースとなる正規空母の艦娘。

いつも、表情を表に出さない加賀の、猫へ向ける柔《やわ》らかな表情に、提督は彼女の素顔《すがお》を見る思いだった。

猫の後ろ姿を、加賀と一緒に見送った提督は、自分も猫を追ってこの場を立ち去ることにした。

――ここは艦娘用の禊ぎの場だったのか。見覚えがないのも道理だ。そういえば、今日の午後は新装備の開発があったな。

工廠《こうしょう》に行く前には禊ぎをして、身を清めるのが決まりだ。

艦娘用の禊ぎの場は男子禁制で、これまで提督《ていとく》が中に入ったことはない。

――やばい。もし、この姿を誰かに見られたら、俺は終わりだ……。

心臓の鼓動《こどう》の音だけがやけに耳の中に響《ひび》く。

提督は、手足をぎくしゃくさせながら、ゆっくりと後ずさりして、建物の陰《かげ》に引っ込んだ。

――大丈夫《だいじょうぶ》だ、加賀は気づいていない。今のうちにここを離《はな》れれば、なんとかなる……。

ほっと安堵《あんど》のため息をついて、塀の外に出た提督の目の前に、あの猫《ねこ》がいた。

尻尾《しっぽ》を立てて、すたすたと歩いていく。

――こうなれば意地だ。なんとしてでもこいつの飼い主をつきとめてやる。

提督は、猫の後を追いはじめた。

だが、男子禁制である禊ぎを行う斎戒沐浴《さいかいもくよく》場の塀の間から出て行く提督の姿を、遠くで見ていた艦娘がいた。

「な……え……提督？　まさか……提督が……」

手ぬぐいとバスタオルを入れて抱《かか》えていた桶《おけ》を落としそうになって、あわてて抱えなおしたのは赤城だった。

加賀の次に禊ぎをするために、用意をして、寮から来たところだったのだ。

赤城は的を射る時の目で提督の後ろ姿を追った。こちらには気づいていない。そして、辺りをうかがって、こそこそしているように見える。

それは先を行く猫の動きに応じてのことなので、提督に罪はない……が、赤城は提督の先にいる猫に気がついていなかった。

「これは……問い質《ただ》さねば、いけませんね」

赤城はそう言って、提督をにらみつけると、その後を追跡《ついせき》し始めた。

猫は、鎮守府の外周部をぐるりと回るように歩いていく。その後を、見え隠《かく》れするように提督が追う。そしてそのまた後を赤城が追う。

その、奇妙《きみよう》な行列に、最初に気がついたのは青葉だった。

「あれは一体なんでしょう……青葉、見ちゃいたいです！」

パパラッチ青葉が加わった。

猫、提督、赤城、そして青葉が一列になって早足で進んで行くのを見た龍驤《りゆうじよう》が、一緒《いつしよ》にいた黒潮《くろしお》に言った。

「なんやろ、あの行列?」

「もしかしたら何かもらえる行列かもしれへんで?」

龍驤と黒潮はお互《たが》いの顔を見合わせた。

「ついて行こか?」

「そやな」

龍驤と黒潮が青葉の後に加わった。

さすがに五人が一列になって早足で動いている姿は目立つ。

「なんでしょう……あれ?」

「提督が新しい遊びでも思いついたんじゃないの?」

扶桑と山城《やましろ》の言葉を聞きつけた長門《ながと》が、視線の先を追う。

「むう……あれは!」

「知ってるんですか? 長門さん」

「あれは、単縦陣《たんじゆうじん》の訓練に違《ちが》いない!」

「え? だって、後ろの方の黒潮ちゃんとか、龍驤さんとか、どう見ても何をやっているのかわかってる様子じゃありませんよ? ただ、前について行ってるだけみたいで……」

長門は、目を閉じて、ふっ、と笑った。

「単縦陣というのはそういうものだ。前が見えるのは先頭を行く艦《かん》だけ、後に続く艦は、前の艦を見てついて行くだけだ。陣形を組む艦相互《そうご》に信頼《しんらい》関係がなければ、単縦陣という艦隊行動は成立しない。さあ、我々も行くぞ！　全艦、この長門に続け！」

長門や扶桑、山城という、目立つ戦艦娘《せんかんむす》が加わったことで、行列にはさらに艦娘が増えていく。何十人もの艦娘が長蛇《ちょうだ》の列を作って、ぞろぞろと鎮守府《ちんじゅふ》の中を動いていく。

一番後ろの漣は、ご丁寧《ていねい》にノートに『最後尾《さいこうび》はここ！』と書いたお手製の看板を掲《かか》げている。

猫は、自分の後ろに何十人もの人間がついて来ていることを、知ってか知らずか、マイペースで、すたすた歩いていく。

そして鎮守府の外周をぐるりと回って、港に面した岸壁《がんぺき》の片隅《かたすみ》までやって来た猫は、何かに気がついたのだろう、顔を上げて、一瞬《いっしゅん》動きを止めた後で、一目散に走り出した。

猫の向かう先に、一人の艦娘がいた。

猫は、岸壁に設置された、ボラードと呼ばれる船を繋《つな》ぐ鉤形《かぎがた》の大きな鉄の塊《かたまり》に腰掛《こしか》けているその艦娘に走り寄って行き、いきなり飛びついた。

「うわ、なんだ、お前、こんなところにいたのか！　腹へってるんだろ？　昼飯の残り持って来たぜ！」

艦娘はそう言うと持っていた紙ナプキンの中から唐揚《からあ》げの残りらしきものを取り出して、猫に与《あた》え始めた。

がつがつと食べ始めた猫を見て、目を細めて、その艦娘は猫なで声で話しかける。

「さあ、ごはんでちゅよー、いいこにしてまちたかー」

岸壁に面した倉庫の角からそれを見ていた提督が、つぶやいた。

「木曾だったのか……」

後ろに鈴《すず》なりになっている艦娘たちが口々に言う。

「木曾だ」「木曾やん」「木曾じゃないか」「木曾だよ」「木曾だわ」「木曾だにゃー」「木曾だクマ！」

さすがにその声に気がついたのだろう、木曾がこちらを見て、目を見開いた。

「ぎゃあああああああ！　なに見てやがるー!?」

艦娘たちは、ひそひそと言葉を交《か》わしている。

「あの木曾が、『ごはんでちゅよー』とか言ってた……」

「うん、あの木曾が『いいこにしてまちたかー』とか……」

「あの木曾が……」

「お、俺をそんな目で見るなあああああああああ！」

提督が進み出た。

「木曾、その猫をどこで飼っていたんだ？」

警戒《けいかい》するような目で提督を見て、木曾は答えた。

「べ、別に、飼ってたわけじゃねーよ……こないだの当直で、見回りに出たときに、迷い込んできたのを見つけたんだ。ひどく痩《や》せて震《ふる》えてたから、非常階段の下の物置の陰に、箱置いて古い毛布入れて、食事のあまりモノとか持って行って食わせてただけで、飼ってたわけじゃねえ……」

赤城が、小さくため息をついて答えた。

「それは、充分《じゅうぶん》飼っていることになると思います」

「そうなのか？　部屋に連れて行かなけりゃ飼うことにはならないって思ってた……」

「夜中に部屋を抜《ぬ》け出したのは、その猫の様子を見に行っていたにゃ？」

木曾は驚《おどろ》いたように顔を上げた。

「気がついてたのか？」

「ふっふっふっふー、おねーちゃんを甘く見ないクマー」

「気がつかなかったくせに何を言っているにゃ」

「そ、そんなことはないクマ、私は常に鋭敏《えいびん》な感覚を持っているクマ、それは寝《ね》ていると

ている。

抱《だ》かれた猫は、よほど木曾に懐《なつ》いているのだろう。目を細めてゴロゴロと低い声を立てている。

木曾は、こくん、とうなずいた。

「木曾、その猫をどうする？　寮《りょう》では動物の飼育は禁止だということは知っているな？」

多摩と球磨が言い合いを始めたのを放置して、提督が言った。

「ヨダレたらして大口開けて寝ているくせに、よく言うにゃ」

きでも同じクマ」


「あ、気持ちよさそー」

「可愛《かわい》いね」

近づいてきた駆逐艦娘《くちくかんむす》が、木曾を取り巻いた。

「抱かせてもらってもいい？」

電がそっと木曾に聞いた。

「ああ、いいぞ、でも、そっとだぞ、びっくりするといけないからな」

木曾はそう言うと猫を電の手に乗せた。

「はわわわわ、ふわふわなのです」

「ねえ、私にも触《さわ》らせて？」

「そっとですよ？　そっと」

「大丈夫よ、任せて！」

雷がそう言って伸《の》ばした指先を、猫がペロリ、と舐《な》めた。

「うひゃあ、くすぐったい！」

「私にも、抱かせて！　猫の抱き方はちゃんと知ってるし」

「ああ、なかなかいいな、この手触《てざわ》りは最高だ」

「第六駆逐隊ばっかりずるいのです！」

駆逐艦娘たちが群がって猫を可愛がっている様子を見て、赤城が心配そうに言った。

「提督……どうします？　規則をまげるわけには行かないと思うのですけど……」

「うーん……」

提督は考え込んだ。目の前で喜んでいる艦娘たちを見ていると、とても規則だから捨て来い、とは言えない。しかし、規則は規則である。

その時、扶桑が言った。

「提督、古来、猫は船乗りの守り神と言われておりました。帆船《はんせん》時代にはロープや材木を囓《かじ》るネズミを退治するために船に猫を乗せるのが当たり前だったそうです。

それを考えるなら、別にこの鎮守府に猫がいてもおかしくはないと思うのですが……」

扶桑の話を聞いていた雷が言った。

「ねえ、提督《ていとく》。寮で猫《ねこ》を飼うのは規則違反《いはん》なんだよね？」

「ああ、そうだ、衛生上問題もあるし、中には猫アレルギーの子もいるかもしれないしな……」

「じゃあ、鎮守府で飼うってのはどう？　鎮守府で飼ってはいけないって規則はあるの？」

「え？　あ、いやそういう規則は無かったと思う……たぶん」

「じゃあ、この猫ちゃんは鎮守府で飼えばいいじゃない。寮には連れて行かないことにすれば、問題ないと思うわ」

「それはそうだけど……」

話を聞いていた木曾が顔を上げた。

「俺が、面倒《めんどう》見ます！　トイレの躾《しつけ》とか、全部、俺がやります！　ですから追い出さないで下さい！」

「私も面倒を見るわ！　猫を飼うのもレディの条件よ！」

「漣！　及《およ》ばずながらお手伝いします！」

「う、潮も、がんばります！」

その場にいる艦娘たちは、じっと提督を見つめた。

その目を無視できる男はいないだろう……きっとこの世のどこにも。

「わかった。じゃあ、鎮守府で飼おう。その代わり、寮と食堂には絶対に連れて行かない。餌《えさ》は決まった場所で与える。トイレの管理と水の管理、ブラッシングは、当番を決めてちゃんとやる。これが約束だ！」

「やったあ！」

「新しい仲間が増えたみたいです！」

歓声《かんせい》を上げる艦娘たちの中で、ふと、気がついたように、多摩が聞いた。

「この子の名前は、なんというにゃ？」

木曾は首を振《ふ》った。

「いや、名前はつけてねえんだ。ずーっとネコって呼んでた」

「ネコにネコって名前をつけるのも変な話にゃ。ちゃんと名前をつけてやったほうがいいにゃ」

「どんな名前がいいかな？」

艦娘たちはしばらく黙《だま》り込んだが、やがて、電が言った。

「鎮守府にいつもいるのなら、テイトクがいいのです！　名誉《めいよ》称号《しょうごう》なのです！」

「ああ、そうか、テイトクか……」

「いいかも……」

木曾はうなずくと、猫の脇《わき》の下に手を入れて持ち上げながら言った。

「よし！　お前の名前は今日からテイトクだ！　いいな！」

テイトクは、小さく「にゃー」と鳴いた。

「おほっ！　返事しやがった！　頭いいな、こいつ！」

「ひゃっはー、今日からテイトクもうちらの仲間だね！」

かくして、この鎮守府には、提督とテイトクが暮らすことになった。

今日も、執《しつ》務《む》室の窓の外から猫当番の艦娘の声が聞こえる。

「あーっ！　テイトク！　こんなところでおしっこして！　ダメじゃない！　このダメテイトク！」

提督は、小さくため息をついた。

——名前を決めたときは、いい名前だと思ったんだけどなあ……。

第3話
から騒ぎのバレンタイン

真冬の朝六時。

空は薄暗《うすぐら》く、東の山の稜線《りようせん》だけが白く輝《かがや》いている。

夜明け前の静まりかえった鎮守府《ちんじゆふ》に起床《きしよう》ラッパが響《ひび》き渡《わた》ると、艦娘《かんむす》たちが暮らしている寮の建物から、潮騒《しおさい》のような、ざわめきと話し声が伝わって来る。

それは、百人を超《こ》える人間が一斉《いつせい》に動く音だ。

「ほら、朝だよ、起きろー」

第二十二駆逐隊と第二十三駆逐隊の駆逐艦娘たちの合同部屋では、皐月《さつき》に揺《ゆ》さぶられた文月《ふみづき》が、ベッドの中で、嫌々《いやいや》をするように首を振っていた。

「えー、まだ眠《ねむ》いよー」

文月の寝ている二段ベッドの下段に寝ていた長月《ながつき》が身を起こすと、頭の上に寝ている文月に言った。

「朝の点呼が始まる、さあ行くぞ」

すでに着替《きが》えはじめた皐月も声をかける。

「昨夜《ゆうべ》の当直長は長門《ながと》さんだからな、気合い入れられてもボクは知らないよ？」

「えー？　やだー」

「嫌ならさっさと起きる！」

「うー……」

文月は不機嫌《ふきげん》そうに起き出すと、二段ベッドの梯子《はしご》を降りた。

「天気はどう？　雨降ってない？」

この鎮守府では朝の点呼を行っている。

寮の前にある運動場に、艦種ごとに整列して、総代が当直長に人員を申告《しんこく》するのだ。

当直勤務や、夜間演習、出撃《しゅつげき》、傷病などで点呼に出ない欠員者は「事故」と呼ばれる扱《あつか》いになる。

それが終わると、全員で鎮守府体操を行って、解散となる。

夏なら涼《すず》しいが、真冬の今の季節は、さすがにつらい。

天候が悪ければ、寮の部屋の前の廊下《ろうか》に並ぶだけでいい。文月が天気を聞いたのは、そのためだ。

「いい天気だ、戦いの朝にふさわしい」

窓の外を見た菊月《きくづき》の返事を聞いて、文月は、露骨《ろこつ》にがっかりとした顔になった。

「昨夜、神様に雨乞《あまご》いのお祈《いの》りしたのになあ……」

「ぶつぶつ言ってないで、さあ、着替えて！　行くよ！」

「うー……」

文月は恨《うら》みがましい目で皐月を見ると、着替え始めた。

廊下の方から、他《ほか》の部屋の駆逐《くちく》隊の艦娘たちが、ばたばた早足で歩いていく足音と、話し声が聞こえ始めた。

「あー、めんどくせー、点呼なんてシロモノを思いついたの誰《だれ》だよ、まったく」

「本当よねえ、冷たい風に当たったら、お肌《はだ》が傷《いた》んじゃう」

「おはよーございます、今日もはりきってまいりましょー！」

「あんただけだよ、元気なの……」

「望月《もちづき》も、もっとがんばらないと、ですね」

廊下から聞こえてきた望月や如月《きさらぎ》の声を聞いた皐月が、文月を急がせる。

「ほらほら、隣《となり》の部屋の第三十駆逐隊の子たちは、もう部屋を出たよ？　急いで！」

皐月に急《せ》かされて、やっとのことで着替え終わった文月を連れた第二十二駆逐隊の三人と、第二十三駆逐隊の菊月の四人が寮《りよう》の外に出ると、すでに空母、戦艦《せんかん》、重巡洋艦《じゆうじゆんようかん》、軽巡洋艦、と艦種ごとに定位置に整列していた。

四人が、駆逐艦娘の列に並ぶのと、ほぼ同時に、点呼ラッパが鳴り響いた。

「きをつけぇーっ！」

一番右に並んだ空母総代の赤城《あかぎ》が号令をかけると、整列していた艦娘たち全員が、背筋を伸《の》ばした。

艦種ごとに並んでいる列の右端《みぎはし》に立つ総代の前に、昨晩の当直長である長門と当直員の古鷹《ふるたか》が来ると、それぞれの艦種の総代の艦娘が敬礼して申告するのだ。

最初に空母の総代である赤城が申告する。

「空母寮、総員十五名、事故なし、現在員十五名！」

同じように、残りの艦種の総代も申告する。

「戦艦寮《せんかんりょう》、総員十二名、事故二名、現在員十名、事故の二名は当直勤務！」

「重巡洋艦寮、総員十八名、事故二名、現在員十六名、事故の二名は当直勤務！」

「軽巡洋艦寮、総員二十名、事故二名、現在員十八名、事故の二名は当直勤務！」

「駆逐艦寮、総員五十一名、事故なし、現在員五十一名！」

それぞれの艦種の総代の申告した人数を、当直長の後ろに随行《ずいこう》する当直員の古鷹が点呼簿《てんこぼ》に書き記していく。

最後に申告したのは、潜水艦《せんすいかん》と陸軍から出向しているあきつ丸《まる》と、まるゆ、たちだった。

「潜水艦及《およ》び陸軍特務艦寮、総員七名、事故なし、現在員七名！」

潜水艦総代の伊《い》8の声が、夜明け前の鎮守府の運動場に響く。

すべての艦種の総代の申告が終わると、当直長の長門が、朝礼台の上に立った。

「諸君、おはよう！　今日も、この鎮守府に所属する艦娘に傷病扱いによる欠員はない。全員の元気な顔を見ることができて嬉《うれ》しい限りだ！

無病息災《むびょうそくさい》に越《こ》したことはない。とはいえ、同じ毎日を、ただ繰《く》り返すだけでは、精神が弛緩《しかん》する。年は変わったとはいえ、春にはまだ遠い。季節を心に置いて、節度ある生活態度を心がけてくれ。私からは以上だ。では、これより朝の体操を行う！　両手間隔《かんかく》に開け！」

「はい！」

艦娘たちは一斉にそう答えると、運動場全体に広がって朝の体操を始めた。

午前六時に起床した鎮守府の艦娘たちは、点呼を受け、全員で体操を行った後、各自持ち場の清掃《せいそう》に入る。清掃を終えると、午前七時から食堂で朝食が始まる。

食堂の食事は各自がお盆《ぼん》を持って並び、お茶碗《ちゃわん》に盛られたご飯や、小鉢《こばち》や皿に盛り付けられたおかずを受け取るというカフェテリア方式である。

百人を超える艦娘たちが作る列は、あっという間に延びる。

「今日の朝ご飯のおかずは、なあに？」

まだ眠いのだろう、目をこすりながら列に並ぶ文月を見て、皐月が、やれやれ、という顔で答えた。

「いつもと同じだよ、ご飯とお味噌汁《みそしる》、お魚……今日は塩サバの切り身。んでもって卵焼きは、関西風のだし巻き卵と、関東風の甘い卵焼きを選べるんだって……というか、いいかげん目を覚ましなよ」

「えー？　目は覚めてるよぉ？」

「いつもゆるふわだからなあ、文月は」

「長門さんも点呼のとき、言っていただろう？　季節を心に置いて、節度ある生活しろって」

長月の言葉を聞いて、文月が考え込んだ。

「うーん、それって、つまり、どーゆーことなんだろー」

「季節……節度ある……」

そうつぶやいた菊月が、はっと目を見開いた。

「そうか、節分をやれってことだ！　毎日毎日訓練とか出撃とかを繰り返していると、心に余裕《よゆう》がなくなってくる。だから節分みたいな季節の行事やお祭りをきちんとやって、心の余裕を取り戻《もど》そうってことにちがいない！」

「節分？　そうか、そういえばそんな季節だ」

「ねえねえ、節分をやるとしたら鬼《おに》はだあれ？」

文月の言葉を聞いた皐月、長月、菊月は、思わず軽巡洋艦娘《けいじゅんようかんむす》たちが集まっている一角を眼《め》で探した。

「ちょっと、あんたたち、どこ見てるのよ。前、つめなさいよ」

後ろに並んでいた満潮《みちしお》の不満そうな声を聞いて、我に返った皐月たちは、あわてて前に進む。

「ごめん、鎮守府で節分やるとしたら、鬼は誰？　って話をしてたから……」

皐月の言葉を聞いた満潮が、ああ、そうか、という顔でうなずいた。

「それで、軽巡洋艦さんたちの方を見ていたのね。あの人、名前もそうだけど、ポーズも鬼っぽいものね」

満潮の後ろにいた荒潮《あらしお》が口を挟《はさ》んできた。

「あらぁ、そうかしら？　もっと鬼っぽい人いると思うんだけどなあ、ほら、頭に角つけてるおっかないセンパイが」

「え？　誰だろう？」

「摩耶《まや》さんかな？」

「摩耶さんの頭のアレは、角っていうよりアンテナじゃない？」

「天龍《てんりゅう》姉さんかな？」

「天龍さんのは角っていうより耳じゃないかなあ？」

「あ、わかった、長門さんと陸奥《むつ》さんだ。シルエット見たら、間違《まちが》いなく鬼だよ、角あるし」

「シルエットだけ？」

「……あんた、度胸あるわねえ」

列の前の方で盛り上がっている駆逐艦娘たちを見ていた第十一駆逐隊の深雪《みゆき》が、隣にいた初雪《はつゆき》に聞いた。

「あいつら、なんで盛り上がってんだ？　バレンタインか？」

「知らない……興味ない……っていうか、バレンタインって何？」

「あー、これだよ、初雪も女の子なんだから、バレンタインくらいは興味持てよなあ。バレンタインってのはなあ、女の子にとって特別な日なんだよ！」

「どういう風に特別？」

初雪からツッコミを受けた深雪は言葉に詰《つ》まった。

「え？　そりゃあ、その特別だから特別なんだ、バレンタインってのはよ！」

「答えになってない……」

そのやり取りを聞いていた白雪《しらゆき》が、小さくため息をついた。

「自分でもわかってないことを口にする、というのは深雪らしいですね。そもそもどこで、そんなことを聞いてきたのですか？」

「昨日、金剛《こんごう》さんが『二月とくれば、バレンタインですねー！　女の子にとって特別な日バレンタイン！　提督《ていとく》にプレゼントねー！』とか言って騒《さわ》いでいたから、真似《まね》してみただけなんだけどさ。なあ、白雪、バレンタインって何だ？」

白雪は目を丸くして首を振《ふ》った。

「私も存じません。吹雪《ふぶき》、あなたなら、鎮守府《ちんじゅふ》のこと色々知ってるわよね？」

話を振られた吹雪はびっくりしたように首を振った。

「いえ、私も知りません！」

吹雪と白雪の会話を聞いていた初雪が、つぶやくように言った。

「女の子にとって特別な日……提督にプレゼントする……そう聞くと、ちょっと気になるな……」

「朝ご飯が終わった後で、他の人に聞いてみましょうか？」

「ええ、金剛センパイだけに抜《ぬ》け駆《が》けさせたくはありません！」

「そーだぜ！　イエィ！」


第十一駆逐隊のメンバーは朝食を終えると、食堂に残っていた艦娘たちに片《かた》っ端《ぱし》から聞き始めた。

まずは北上《きたかみ》である。

「えー？　バレンタイン？　知らないなー外国の魚雷《ぎょらい》のメーカーかなあ？　ゴメンね」

隣にいた大井《おおい》は。

「北上さんが知らないのなら、私が知っているわけがないわ、ね、北上さん」

少し離《はな》れたところで、湯呑《ゆの》みで食後のお茶をすすっていた川内《せんだい》は。

「バレンタイン？　ああ、夜戦のことね。確かどっかの国の言葉で、そう言うんだ！

え？　違《ちが》う？」

隣《となり》で、まるゆ、と話をしていた木曾《きそ》。

「バレンタイン？　知らないね、そんなものは」

まるゆ、も首を振る。

「すみません、知らないです。運んだこともありません」

通りかかった隼鷹《じゅんよう》は。

「え、バレンタイン？　飲んでないよ、しらふだよ……ってウィスキーの名前じゃないの？」

食堂のテーブルを拭《ふ》いた布巾《ふきん》を、きちんと四角に畳《たた》んでいた、あきつ丸は。

「バレンタイン、で、ありますか？　自分は陸軍の船なので、陸軍のことしか知りませんが、それでもよろしいでありますか？　えー、バレンタインとは英国の戦車のことであります。重量は十七トン、乗員は三名ないし四名、二ポンド砲《ほう》を搭載《とうさい》した歩兵支援《しえん》用の戦車で、レンドリースされたソ連邦《れんぽう》の兵士には評判が良かったそうであります」

食堂の中を一回りして戻って来た吹雪は、ため息をついた。

「……やっぱり金剛さんにダイレクトに聞きに行った方が早いみたい」

「そうね、そうしましょう」

白雪がうなずいた。

朝食を終えた金剛は、自室に戻らずに、待機室の一角にあるソファなどが並んだリビングコーナーで紅茶を飲んでいた。

おずおずと近づいてきた吹雪たちを見て、金剛はにっこり笑った。

「おや、吹雪ちゃん、何かご用ですかー？」

「えーと、たいしたことじゃないんですけど。うちの深雪がバレンタインについて聞きたいって言ってまして……」

金剛は目を丸くした。

「オー！　バレンタインデーのことですね！　ご存じないのデスか？」

吹雪たちは互《たが》いの顔を見合わせた。

「ええ、うっすら記憶《きおく》に残っているような気もするんですけど……」

金剛は、我が意を得たり、という風にうなずいた。

「わっかりましたー！　おねーサンにまっかせなさーい！　はい、座って座って、紅茶飲みながら私の話を聞いて下さいデスねー」

金剛は吹雪たち四人をソファに座らせると、話し始めた。

「昔、ローマ帝国《ていこく》の皇帝《こうてい》は兵士に結婚《けっこん》を禁じていました。その禁を破って、バレンタインという人が兵士と恋人《こいびと》を結婚させました。皇帝は怒《おこ》って、この人を処刑《しょけい》しました。処刑された日が二月十四日でしたので、この日を聖バレンタインの日、つまりセントバレンタインデーと呼ぶようになったのデス。

欧米《おうべい》では、バレンタインデーは恋人の日、と呼ばれており、好きな相手に、プレゼントをする日とされてマスね。

日本では女の子から男の子に『あなたが好きです』というメッセージを伝える日、とされているみたいデスね」

「女の子から告白する日なんですか！」

「チクショー！　かっこいいぜ！」

「そんな日があったら……本気出す」

「その……メッセージというのはどんな風に送るんですか？」

「チョコレートですネ！」

「「「「チョコレート？」」」」

四人の返事が綺麗《きれい》なユニゾンを奏《かな》でた。

「ハイ、チョコレートですネ。チョコレートをプレゼントすることで、愛の告白になるのでス。もっとも、最近は、お世話になった人とか会社の上司とかにプレゼントする義理チ

ヨコ、なんてのもあるみたいデスねー」

　金剛の言葉を聞いて、吹雪は目を輝《かがや》かせた。

「上司！」

　深雪は飛び上がって、指をぱちん、と鳴らした。

「チクショー、すげえじゃねえか。こりゃあ節分なんか比べ物にならないイベントだぜ！」

　初雪は少し赤い顔になって、つぶやいた。

「チョコレート……買って来る」

　そして、白雪は考え込むように言った。

「この話がみんなに広まる前に、チョコレートを買っておくべきですね！」

　金剛はにっこり笑った。

「それと、ラッピングの材料ですネ。市販《しはん》のチョコレートでも、キレイにラッピングするのとしないのとでは、プレゼントした相手の心証が違いマース！」

　この、金剛の言葉は的中した。

　バレンタインデーの情報はその日のうちに、鎮守府の艦娘《かんむす》の間に広まり、それと同時に酒保《しゅほ》のチョコレートと、売店の包装紙やリボンなどが、あっという間に売り切れてしまった。

次の日。鎮守府《ちんじゅふ》にいる、ほとんどすべての艦娘たちが、バレンタインデーの話題で盛り上がっていた。

待機室の中でも、朝食の食堂でも、艦娘が二人以上いれば、もう話題は決まっていた。

「誰《だれ》に贈《おく》るのか」である。

だが、鎮守府にいる男性は一人だけ。当然チョコレートを贈る相手は限られる。

と、なると、話題は次の段階に進む。つまり「どう抜け駆けするか」である。

朝食が終わった午前八時。

午前中の遠征《えんせい》に向かう第三十駆逐《くちく》隊の四人の駆逐艦娘たちが、装備品倉庫を出て、集合場所である埠頭に向かって歩いていた。

「バレンタインデーの準備でみんな忙《いそが》しいのに、遠征行かなきゃならないなんて、睦月《むつき》ついていないですぅ」

ぼやく睦月を見て、三日月《みかづき》がうなずいた。

「ええ、負けたくはありませんね。恋《こい》もまた戦いなんですから！」

「戦いに勝つためには、やはり、チョコレートだけを届けるのではなく、この私自身も一《いっ》緒《しょ》に届けた方がいいと思うのよ。こう、身体《からだ》にラッピングして『もっと近くで見てよ……』とか」

如月の言葉を聞いて望月がツッコんだ。

「なーにを言ってんだか。あんた、いつもそれ言ってるのに、ぜんぜん相手にされてないじゃんか、ま、いいけど」

「やはり言葉だけじゃダメ、行動に出ろってことですね！　睦月、感激ィ！」

遠征とはいえ、外洋に出る時には完全武装である。第三十駆逐隊の駆逐艦娘たちも、手に単装砲を、そして足に魚雷《ぎょらい》発射管を装備している。

だが、朝からずっとバレンタインデーの話で盛り上がっていた彼女たちは、心ここにあらず、という雰囲気《ふんいき》だ。緊張感《きんちょうかん》もないまま装備品倉庫から出てきた睦月たちを見て、通りかかった加賀《かが》の足が止まった。

隣を歩いていた赤城が、加賀の表情に気がついた。

「どうかしたの？」

「……ちょっと気になるわね」

「え？」

赤城はあわてて加賀の視線を追った。その先には、遠征に向かうために歩いていく駆逐艦娘たちの姿があった。

——何が気になるの？　と赤城が聞く前に、加賀はつかつかと、睦月たちに近づいた。

「ちょっと、あなたたち！」

加賀に呼び止められた睦月たちは、あわてて立ち止まった。

「うひゃ！　加賀さんだ」

「なんだろう？　すごく怒ってるみたい……」

「あなたたちは遠征任務ですね？」

室長の睦月が、背筋を伸《の》ばして答えた。

「はい、海上護衛任務です！」

「そう……鎮守府海域への遠征は短時間だから構わないと思っているのかもしれないけど、その装備の取り付け方は感心しないわ」

「え？」

睦月たちはあわてて自分たちの身体に取り付けている装備を確認《かくにん》する。

「あ、いけない。腰《こし》の信号灯後ろ前だ！」

「魚雷って太いから、ずり落ちちゃうのよ～」

「単装砲《ほう》の取付金具が緩《ゆる》んでた……マジめんどくせー」

「私の努力が足りなくて……ごめんなさい！」

　わたわたと、装備を点検する睦月たちを見て、加賀の目が険しくなる。

「あなたたちは、たるんでいます！　あなたたちだけではありません！　昨日あたりからこの鎮守府の人たちはみんな、心ここにあらず、という風に、どこか浮《うわ》ついています！　バレンタインだかバテレンタインだかなんだか知りませんが、そんな浮ついた気持ちで遠征や出撃《しゅつげき》に臨《のぞ》んではなりません！　遠征も演習も出撃も、遊びではないのです！　気が緩んでいるところに奇襲《きしゅう》を食《く》らえば、一瞬《いっしゅん》ですべてが終わります！　もっとしゃんとしなさい、しゃんと！」

　加賀の叱《しか》る声を聞きつけたのだろう、そこに遠征の引率《いんそつ》役の天龍と龍田《たつた》がやってきて頭を下げた。

「加賀さん、申し訳ない。こいつらには、オレからちゃんと言っておくから……」

「天龍ちゃんには私から言っておきます」

「おい、龍田、いつからお前はオレの監督《かんとく》官になったんだ？」

「あらあ、至らないところがあれば、お互《たが》いに注意しようって言ってたじゃない」

「そりゃそうだけどよ……」

加賀は天龍に視線を移して言葉を続けた。

「天龍さん、あなたは駆逐艦娘たちの面倒《めんどう》をよく見る、良いお姉さんとして頑張《がんば》っています。それは私も認めます。しかし、良いお姉さんとは、甘やかしてくれるお姉さんのことではありません。あなたは、最近馴《な》れ合っているようなところが見受けられます。指揮官は責任者であって友達ではありません。そこを良く考えてください！」

厳しい言葉に天龍が首をすくめたとき、ふわっとした声が割って入った。

「加賀、もうそれくらいにしてあげて。気の緩みから悲惨《ひさん》な結果になった私たちと同じ間《ま》違《ちが》いを繰《く》り返して欲しくないという気持ちは良くわかります。でも、この鎮守府の人たちはみんな優秀《ゆうしゅう》な人たちばかりです。確かに、昨日今日と、ちょっとうきうきしていた部分もあったかもしれません。

でも、ちゃんと気持ちを切り替《か》えないことが悪いのであって、楽しいことは悪いことじゃないわ。そこをちゃんとわかっていないと、みんな畏縮《いしゅく》しちゃうと思うの。

私は、楽しくおしゃべりできる鎮守府の雰囲気が好き。加賀もそうは思わない？」

そう言って、にっこり笑った赤城を見て、加賀は下を向いた。

「そうね、あなたの言うとおりね……私も気持ちの切り替えができていなかったのかもね……」

赤城は、満足そうにうなずくと、駆逐艦娘たちと天龍、そして龍田に向き直った。

「はい、お説教は終わり。気持ちを切り替えて、遠征に行ってらっしゃい。遠征中は、気を逸《そ》らさず真剣《しんけん》に。そして無事に鎮守府に帰ってきたら、また、楽しくやりましょう。じゃあね」

そう言い残し、赤城は加賀と共に、鎮守府の建物の方に歩いて行った。

その後ろ姿を見送って、天龍がつぶやくように言った。

「やっぱり、赤城さんって、人間ができてるよなあ……」

「あらあ、加賀さんも素敵《すてき》じゃない？」

「いや、加賀さんは、ちょっととっつきにくくて、オレは苦手だな……赤城さんが一緒にいるから話ができるけど、加賀さんだけだと、ちょっとね……」

「ふーん……」

龍田はしばらく黙《だま》って天龍を見ていたが、やがて、視線を外して、独り言のように話し始めた。

「むかし、むかし、ある鎮守府に、一人の赤鬼《あかおに》がいました。その赤鬼は気持ちの優《やさ》しい鬼でしたが、大食いで力持ちで、鎮守府の駆逐艦娘や軽巡娘《けいじゅんむすめ》から怖《こわ》がられていました……」

いきなり、昔話のような語りを始めた龍田を見て、天龍はあわてた。

「あ、おい、なんだよ、何でいきなりそんな話を始めるんだ？」

だが、龍田は、にっこり微笑《ほほえ》んだだけで、語りを止《や》めない。

「そこで、赤鬼は友人の青鬼に相談しました。鎮守府のみんなと友達になるには、どうすればいいのかな？　すると、青鬼は言いました。よしわかった。僕がなんとかしてやろう。僕はこれから鎮守府に行って、そこで嫌《きら》われ者になろう。みんなから嫌われて、嫌《いや》なヤツだと言われるようになる。そうしたら、赤鬼くん、君は僕を責めるんだ。僕を悪者にして鎮守府から追い出せ。そうすれば君は鎮守府で人気者になる……」

「あ、おい、まてよ、それって……」

「そして、青鬼は鎮守府で嫌われ者になりました。赤鬼は仕方なしに、青鬼を止めに入りました。優しい赤鬼は、青鬼を責めることができなかったのです。それでも、青鬼を止めに入る赤鬼の優しさは、鎮守府の艦娘たちに伝わりました。赤鬼は慕《した》われ友達も一杯《いっぱい》できました。あんなに怖がられていた大食いも、笑い話になりました。

　青鬼は、静かに笑って言いました。もう、僕と仲良くしちゃいけない。僕は嫌われ者だ、僕と仲良くしていたら、せっかく評判の良くなった君が嫌われる。

　その言葉を聞いて、赤鬼は泣きました。わんわん泣いて言いました。

　君だって友達だ。君がいない鎮守府に何の意味がある。君は僕と一緒にいるんだ。いつかきっとわかってもらえる。君が、本当にいいヤツだって。だから、僕は君と一緒にいる。いつまでも一緒だ。君が勝ったとき、僕も勝つ。君が沈《しず》むとき、僕も沈む。いいか、もうそんな悲しいことは言わないでくれ……」

気がつくと、天龍が泣いていた。ぼろぼろと涙《なみだ》をこぼしながら天龍はうなずいた。

「そうか、そうだったのか……そんなことも知らないで、俺は加賀さんを嫌っていたのか……」

「え？　なんのこと？」

龍田が、きょとんとした顔で聞いた。

「なんのことって……いま、お前が話してくれたじゃないか。それって、赤城さんと加賀さんのことだろう？」

「あらあ、違《ちが》うわよ、今のは有名な童話をすこしもじって、あのお二人にあてはめただけ。なあに、信じちゃったの？　いやあねえ」

「へ？」

「さあさあ、涙を拭《ふ》いて、遠征に行くわよ。ホント天龍ちゃんって、カワイイんだから！」

そう言って歩き出した龍田の背中を見て、天龍が叫《さけ》んだ。

「て、てめえ！　オレの感動の涙を返しやがれー！」

天龍の叫びが埠頭《ふとう》に響《ひび》いた……その頃《ころ》。

鎮守府《ちんじゅふ》の管理棟《とう》にある、提督《ていとく》の私室では、提督が高熱と咳《せき》と鼻水で、寝込《ねこ》んでいた。

「ううむ……病気になんか、かかるもんじゃないな」

独り言が多いのも、退屈《たいくつ》な上、病気でこらえ性《しょう》がなくなっているせいだ。

もそもそと布団《ふとん》の中で丸くなる。布団をかぶって呼吸すると、自分の呼気が熱いのが分かる。

その時、提督室のドアがこんこんこん、とノックされた。

「どうぞ」

提督は、ドアに向かって声をかけた。

「失礼する！」

そこにいたのは、意外、というのもおかしいが、提督が想定していなかった人物だった。

すらりと背の高いモデル体型。長い黒髪《くろかみ》をまとめ、サイドに垂らしている妙高型《みょうこう》重《じゅう》巡洋艦《じゅんようかん》の艦娘《かんむす》、那智《なち》である。

ずずい、ずいずいと部屋に入ってくる那智の手には銀色の鍋《なべ》が握《にぎ》られていた。

どっかりと、なんとも男らしい動きで、那智は提督の枕元《まくらもと》に座る。さすがに膝《ひざ》は崩《くず》していないが、互いの位置関係から、白いタイツの奥の方が見えるような気がして、提督は慌《あわ》てて顔を上向きにした。

ずい、と天井《てんじょう》を背景にした那智が提督の顔をのぞき込む。

「聞いたぞ、提督。風邪《かぜ》をひいたそうだな、見舞《みま》いに来たぞ」

「あー、うん」

「風邪といえば、これだな！」

かぱっ。那智が鍋の蓋《ふた》を開けた。ぷぉん、と湯気と共にアルコールの匂《にお》いが漂《ただよ》ってくる。風邪で鼻が詰《つ》まっていても、口を通して感じるくらい強い香《かお》りだ。

「あー……卵酒、か？」

「その通り！」

「あー、なるほど」

なぜ、那智がやって来たのか、提督はようやく理解した。那智は、艦娘の中でもかなり上位の飲んべえである。卵酒というのも、那智らしい。

「ふ、やはり貴様にはお見通しだったか。そうだ、酒は百薬の長。これさえ飲めば、風邪など、恐《おそ》るるに足らん」

「那智は確か、今日は非番だったよな。わざわざ作ってくれたのか」

卵酒が風邪にどれほど効果があるかは別として、その気遣《きづか》いはうれしかった。

「なに、礼には及《およ》ばんさ。貴様には姉妹ともども、世話になっているからな。それより、さ、ぐっといけ、ぐっと。安心しろ、飲み頃《ごろ》に冷ましてある。鍋から飲め」

那智は、そう言うと手鍋を差し出した。

「分かった」

提督は上体を起こし、鍋を見た。

「……」

そして絶句する。

「ほら、ぐっと。ぐぐっと」

「……」

正直なところを言うと、提督は酒に強い方ではない。

すぐに真っ赤になり、酔《よ》っぱらってしまうのだ。

それでも、宴会《えんかい》などでビールをコップ一杯飲む分には問題ない。

だから、卵酒の一杯くらいは、良いだろうと考えていた。

——まさか、鍋の縁《ふち》から卵の泡《あわ》が盛り上がるくらい入ってるとは。

小さな手鍋であり、泡の体積で倍に膨《ふく》らんでいるとしても、四合（約〇・七リットル）はありそうだ。酒好きなら普通《ふつう》に飲めてしまいそうな量なのが、かえって恨《うら》めしい。

――ま、三分の一も飲めばいいか。

那智への感謝と気配りと、自分の体調とを秤《はかり》にかけて提督はそう判断した。鍋を受け取り、甘い香りのする液体を一口だけ、含《ふく》む。

「!!」

かっ、と胃から熱が体内に広がっていく。提督の顔が、酸に浸《つ》けたリトマス試験紙のように赤く染まる。

どう考えても、これは卵酒、などという可愛《かわい》いものではない。

「ふ、どうやら気づいたようだな」

腕組《うでぐ》みをして、提督の様子を見ていた那智が、会心の笑《え》みを浮《う》かべた。

「卵酒の薬効を高めるために、醸造《じょうぞう》酒ではなく蒸留《じょうりゅう》酒でもとびっきりアルコール度数の高い、ウォッカで作ってみた」

「待て、その理屈《りくつ》はおかしい。アルコール度数と薬効は関係ないだろ」

さすがに提督が抗議《こうぎ》するが、あまりのアルコール度数に喉《のど》がいがいがして、声がかすれてしまう。

「響《ひびき》のツテで手に入れたものでな。確か、銘柄《めいがら》はスピリタスとかなんとか……それにしても苦労したぞ、熱でアルコールが飛ばぬように、ウォッカだけ先に密閉容器に入れて加熱したり、試行錯誤《さくご》を繰《く》り返したのだ。秘蔵の酒を三本使った甲斐《かい》あって、こいつは会心の出来だ」

那智は腕を組んだまま目を閉じ、うんうん、と自画自賛する。

「だから、アルコールが強ければいいというものでは……待て、三本使ったって？」

鍋の中の卵酒の量はどう見ても一本に満たない。

「うむ。酒と卵をうまくかき混ぜるのは、なかなかに困難でな、味見をしながら作ったのだ、げぷー」

那智の吐息《といき》が、提督の顔にかかる。匂いを嗅《か》いだだけで、下戸ならば酔っぱらいそうな酒気帯び呼気に、提督は、ああ、と慨嘆《がいたん》した。

「手遅《ておく》れだったか」

那智は顔色が変わらないタイプなのだ。

外見は普通だが、中身は完全な酔っぱらいである。

おそらく理性がある間は、那智も普通に卵酒を作っていたのだろう。だが、なかなか納《なっ》得《とく》のいくものが出来ず味見を繰り返し、風邪のウィルスごと患者《かんじゃ》をぶっ潰《つぶ》す脅威《きょうい》の卵ウオッカが出来上がった頃には、自分もすっかり出来上がってしまっていたのだ。

「さあ、飲め。飲むのだ。これは貴様のためを思って言っているのだぞ」

しかも絡《から》み酒になっていた。

「いや、さすがにコレは……うぼうっ⁉」

がしっ、と那智が提督の頭を抱《かか》え込み、ぐいぐいと鍋の底を押して強引《ごういん》に飲ませようとする。那智は艤装《ぎそう》を付けていなくても、素《す》の身体《しんたい》能力が高い。こうなっては、力では抵抗《ていこう》できないし、柔《やわ》らかい膨《ふく》らみを頭に押しつけられていては、気が散って言葉もうまくでない。

「おう、おう、おう」

まるで島風のように呻《うめ》きつつ、提督はごぶごぶと卵ウォッカを飲まされる。

そこで提督の意識は途《と》切《ぎ》れた。


は、と気が付いた時にはすでに夕方になっていた。

ぼんやりと横になったまま、提督は窓から差し込む西日の照り返しでオレンジ色となった天井をながめていた。頭の芯《しん》に、風邪のものとは違《ちが》う鈍《にぶ》い痛みがある。

「ええっと……あ！」

何があったのか思い出し、身体を起こす。意外なほど、すんなりと身体は動いた。節々の痛みも、ほとんどない。

「まさか、あの卵ウォッカが効いたのか？」

そこで提督《ていとく》は、自分が着ている寝間着《ねまき》と、横になっていた布団の柄《がら》が寝《ね》る前と違っていることに気が付いた。

「着替《きが》えた……記憶《きおく》はないよな。着替えさせられた……のか？」

部屋には、提督の他《ほか》に誰《だれ》もいない。那智も、卵ウォッカのアルコールの痕跡《こんせき》も、残っていない。

「あれが全部、夢だった……ってことはないよな」

風邪をひいているせいか、記憶も曖昧《あいまい》で途切れ途切れだ。風邪ではなく、二日酔いっぽい頭の痛みをのぞけば、那智と卵ウォッカの証拠《しょうこ》はない。さっきと寝間着や布団が違っているのも、勘違《かんちが》いかもしれない。

こんこん。ドアがノックされた。

「どうぞ」

提督は、ドアに向かって声をかけた。

「失礼する！」

威勢《いせい》の良い声と共に、ドアが開かれる。入って来たのは、すらりとした長身で、信号旗用の張り出しが角のようなシルエットを持つ艦娘《かんむす》、長門である。

「む、どうやらだいぶ顔色が良いみたいだな」

長門はそう言うと、両手に提《さ》げている膨らんだ袋《ふくろ》を持ち上げて見せた。

「皆《みな》からの見舞《みま》いの品だ。風邪《かぜ》で休んでいるところに大勢が押しかけては迷惑《めいわく》だろうし、小さな艦娘だと、風邪がうつっても良くない。私が代表として見舞いの品を届けに来た」

「そうか、気を遣《つか》ってもらったようだな。ありがとう」

「ふ、私は世界のビッグセブンだからな。任せてもらおう」

そう言って、長門はどっかりと、提督の枕元《まくらもと》に座った。あぐらをかいて。

提督は、慌《あわ》てて首を長門と反対方向に向けた。

「ん？　どうした？」

「せめて膝《ひざ》を揃《そろ》えてくれ。見えすぎる」

「大丈夫《だいじょうぶ》だ。私は気にしない。これも見舞いだと思ってくれ」

「俺は気にする！　それに、そんな見舞いはいらない！」

「なんだと？　うれしくないのか？　物の本には、男というものは、女の下着が見えるとうれしいと書いてあったぞ？　それとも艦娘ではダメなのか？」

「そういう風に、見ようと思っていないのに見せつけられるのは、うれしくないんだ」

我ながら、何を説明しているんだという気になったが、長門は感心したようだった。うんうん、と深くうなずいている。

「ふむ、下着を見る際も主導権を握《にぎ》れということだな。孫子《そんし》にも『善《よ》く戦う者は人を致《いた》して人に致されず』とある。兵法《ひょうほう》と一緒《いっしょ》か。さすがは提督だ」

長門はよっこいせと正座に座り直した。それを見て提督も長門に向き直る。

長門は、持ってきた袋から見舞いの品々を取り出した。

「なぜか知らんが、チョコレートが山のようにあるな……それ以外の品物では、のど飴《あめ》がある。これは第二駆逐《くちく》隊だな。薬草入りで、すっとする。こっちの半纏《はんてん》は第十駆逐隊謹製《きんせい》だ。綿入りでもこもこだぞ」

半纏の背中側には、薔薇《ばら》の花をくわえた男が、軍服をはだけさせて流し目をしているイラストが描《えが》かれていた。上着の下にはシャツを着ておらず、なぜか裸《はだか》である。

「……この耽美《たんび》な美青年のイラストは誰だ？」

「秋雲《あきぐも》だな」

「いや、誰が描《か》いたか、じゃなくて。このイラストの男だ」

「提督がモデルだそうだ」

「……俺は、あいつに、こんな風に見られているのか」

しかも、乳首《ちくび》の脇《わき》にあるほくろは、実際に提督の胸にもある。いったい、いつ見たのか。

そして、なぜ、ここまで克明《こくめい》に描写《びょうしゃ》しているのか。

秋雲に問い質《ただ》したい気もするが、この件は触《ふ》れない方が良いような気もする。

「桃《もも》の缶詰《かんづめ》は、愛宕《あたご》と高雄《たかお》からだ。ぷるんぷるんで美味《うま》いぞ」

「風邪の見舞いの定番だな。ぷるんぷるんか……ぷるんぷるん」

連想で、愛宕と高雄のぷるんぷるんな情景が脳裏《のうり》に浮かび、提督は慌てて首を振《ふ》った。

「こっちの黄燐弾《おうりんだん》は私からだ」

ごん、と砲弾が置かれた。

「ありがとう……って黄燐弾？」

「医学書を読んだのだが、風邪のウィルスは熱に弱いとあった。黄燐の燃焼《ねんしょう》温度は摂氏《せっし》二千度以上だ、コンクリートもボロボロになるくらいだから、ウィルスなど一発だ」

「その理屈だと、俺も炭になるんだが」

「……はっはっは。こいつはうっかりしていた」

「うっかりしすぎだ！」

見舞いの品を置いて、長門が部屋を出た後、少し疲《つか》れて眠《ねむ》っていたのだろうか。

提督がふと目を覚ますと、すでに日は暮れ、夜になっていた。

なんだかんだで、一日の半分を寝て過ごした計算になる。おかげで、提督の身体はずいぶんと楽になっていた。

だが、身体の調子が戻《もど》ってきたことで、別の問題が出てくる。

「腹が減った……でも、めんどくさい……」

提督は長門が持ってきた見舞いの品をがさごそとあさった。すると、スポーツドリンクの入ったペットボトルがあった。

「おお、ありがたい。誰の見舞いだ？」

すぐに分かった。ペットボトルにペンで『龍田』と書いてあったからだ。キャップを外そうとして、すでに開けてあることに気づく。量もちょっと減っていて、四分の三ほど。

「なんだ、自分の飲みかけか」

鎮守府《ちんじゅふ》には大勢の艦娘がいて寮生活《りょうせいかつ》をしているから、冷蔵庫の中には各自が酒保《しゅほ》で手に入れたペットボトルやら食料のタッパやらが大量に入っていて、そのままではどれが誰のかは分からない。だから、それぞれに、ちゃんと艦娘の名前が書かれている。

名前を書き忘れたものは共有財産であるとされ、最初に目にとめた艦娘の胃に収まる決まりだ。

親しき仲にも決まりあり。うっかりルールを忘れたものにはグローバルスタンダードな生き馬の目を抜《ぬ》く鉄の掟《おきて》が適用されるのだ。

見舞いの品を何か出す、ということになって、わざわざ用意するのではなく、自分の飲みかけのペットボトルを出すあたりが、いかにもクールな龍田らしかった。

「ぞんざいに見えて、スポーツドリンクってあたりが、ちゃんと考えてあるよな」

風邪をひいていると熱が出て汗《あせ》をかくから水分の補給はちゃんとする必要がある。スポーツドリンクは、水分を吸収しやすいから、風邪の見舞いとしては、かなり実用性が高く、ハズレにならない。

「こういう時には、いらない色気を出さない方がいいって……色気？」

提督はキャップを外したペットボトルの飲み口を見る。

飲みかけということは、この飲み口に、龍田の唇《くちびる》が……。

「いやいやいや。ないないない。子供じゃないんだから」

妙《みょう》に意識してしまった自分を振り払《はら》うように、提督はペットボトルのスポーツドリンクをラッパ飲みした。

同時刻。艦娘寮《かんむすりょう》の一室にて。

「ひゃん!?」

「なんだ？　しゃっくりか？」

素《す》っ頓狂《とんきょう》な声に、寝間着に着替えていた天龍は、かぶろうとしていたナイトキャップを手にしたまま、同室の同型艦娘《しまい》の方を向く。

机に向かって日記を書いていた龍田が、ぱたぱたと手を振った。

「う、ううん。なんでもないわ～。おやすみ、天龍ちゃん」

「おう。明日《あした》はまた早朝組の遠征《えんせい》だからな。お前も早く寝ろよ」

「わかったわ～」

布団《ふとん》に入ると、一分も経《た》たないうちに天龍はすやすやと健康的な寝息《ねいき》をたてはじめた。

いつもは、その可愛《かわい》くも無防備な寝顔をにまにま眺《なが》めるのが龍田の日課だが、今夜はなんとなくそんな気になれず、龍田は日記帳を閉じて、机の上に置いた鏡をのぞきこむ。

――さっき、唇に熱っぽい感じがあったんだけど……気のせい？

唇に異変はない。手袋《てぶくろ》をはずした指で、そっと唇の表面を撫《な》でる。さっき感じたものと、感触《かんしょく》が似ている気がする。

唇に肌《はだ》が、あるいは唇に唇が触れたような感触。

何か思い当たるものはないか。考えていて、ふと、見舞いの品を思い出す。

かあああっ。

龍田の白い肌が、耳まで真っ赤に染まる。頭の上の輪っかが、独楽《こま》のように捻《ねじ》れた回転を始める。

——気にしすぎ！　気にしすぎよ～！　だいたい、そんなつもり、私にも、あの人にも、全然、これっぽっちも、ないんだから～！

しかし、だとすると。それはそれで腹が立つ。

龍田は、ペンを取ると閉じた日記帳を開き直す。そして白いページに大きく『バ～カ』と書いた。

さらに同時刻。艦娘寮の厨房《ちゅうぼう》にて。

「風邪ということは、ネギですね！」

太い白ネギを手にして意気込むのは、赤城である。

「そうですね」

テンション低いまま、隣《となり》でうなずいているのが、加賀だ。ちょっと眠そうである。

「ネギに含《ふく》まれる、硫化《りゅうか》アリルという刺激《しげき》成分が風邪には効果があるみたいですけど、ナマで囓《かじ》るのは難易度が高そうですね」

「少しは加熱した方がいいでしょう。ここにちょうど、鍋《なべ》があります」

どっこいせと、加賀が平たい鍋をコンロの上に置く。

「ナイスです。では火を点《つ》けて……えーと、熱した鍋の上で、牛脂《ぎゅうし》をこう、ぐるーり、ぐるりと」

「ネギは切っておきますね。ついでに豆腐《とうふ》も」

とんとんとん。加賀がまな板の上で野菜や豆腐を切っては、隣にいる赤城へと渡《わた》す。

「うん、いいですね。特に冬場はお野菜をたくさん摂《と》らないと。砂糖とお醤油《しょうゆ》で味付けをして……豆腐は後からでいいですね」

ぐつぐつぐつぐつ。

「お肉も、スライスしておきました」

「はーい」

ぐつぐつぐつ。

「糸コンニャク、ざっと茹《ゆ》でておきました」

「はーい」

ぐつぐつぐつぐつ。

「……はっ⁉　気が付いたら、すき焼きが！」

赤城が、ぽん、と手を合わせて驚《おどろ》く。

「偶然《ぐうぜん》とはいえ、驚きです。ですが、風邪《かぜ》で弱った提督《ていとく》の胃腸には、すき焼きはかえって毒。これは二人でいただきましょう」

加賀は、箸《はし》と取り皿を赤城に渡した。

「生卵、取り皿に入れておきましたよ。かき混ぜるのは自分でやってください」

「わーい」

ここに龍驤《りゅうじょう》でもいれば、思いっきりツッコミを入れただろうが、ツッコミ不在のため、赤城と加賀が黙々《もくもく》と、幸せそうにすき焼きをつつく。

「ごちそうさまでした」

最後に、うどんを入れて完食した赤城は、誇《ほこ》らしそうに宣言したあとで、はっと目を見開いた。

「……は？　これでは、提督のお見舞《みま》いになってませんよ！」

「そうですね。ですが今夜はもう遅《おそ》いですし、明日にしましょう」

加賀が厨房の壁《かべ》に掛《か》けられた時計を指さす。

そろそろ消灯の時間帯だった。


さらに少しして。提督室にて。

「ん……？」

「あ、すみません。起こしてしまいましたか」

「んん……んー……」

ぼんやりとした寝《ね》ぼけ声で反応する提督に、小柄《こがら》な艦娘《かんむす》が柔《やわ》らかな笑《え》みを浮《う》かべる。

「熱は……うん、だいぶ下がっているみたいですね」

上体だけ起こしたが、まだ半分眠っている提督の額に手を当てて、艦娘はほっと安堵《あんど》する。

「汗をかいていますから、着替《きが》えましょうか。昼間にお洗濯《せんたく》した寝間着《ねまき》も、乾《かわ》きましたし。大変だったんですよ、砂糖と卵とお酒でべったべたになってて。はい、バンザイしてー」

てきぱきと、手慣れた様子で艦娘は提督の着ていた寝間着をはぎ取る。

「汗も拭《ふ》いておきましょうね」

きつく絞《しぼ》ったタオルで、提督の身体《からだ》を拭《ぬぐ》っていく。気持ち良いせいで眠気《ねむけ》が増したのか、寝ぼけたままの提督の上体から力が抜け、艦娘にもたれかかるようにして倒《たお》れる。

「あ……」

ぼすん、と仰向《あおむ》けに布団に押し倒される格好になった艦娘の唇から、吐息《といき》が漏《も》れた。

すやすやと寝息をたてている提督の頭を撫《な》でて、艦娘はくすり、と笑った。

「もう……寝ぼけている時だけはちょっと強引《ごういん》、なんですね」

それが残念なのかどうかは、艦娘自身にも分からないことだった。


翌日の朝。休んでいた甲斐《かい》があってか、提督の体調はすっかり快復していた。

提督の居室の窓から差し込む朝日と一緒《いっしょ》に、食堂に向かう艦娘たちの声が聞こえて来る。

「今日の朝ご飯なあに？」

「いつもと同じだよ、ご飯と味噌汁《みそしる》、今日は納豆《なっとう》だってさ！」

「えー、納豆嫌《きら》い、ねばねばするもん」

「安心しな、納豆が嫌いな子には、しらすおろしもあるそうだ」

「わーい、文月、しらすおろし、大好き！」

提督は、布団の上で大きく伸《の》びをした。

どこも痛くない。昨夜《ゆうべ》までの体調がウソのようだ。

息を吸って、ふう、と大きく吐《は》いた提督は、布団をはね除《の》けて起き上がろうとして、気がついた。

――俺の下着……いつの間に着替えたんだ？

そういえば、昨夜誰《だれ》かが部屋にやってきたような気がするが……。

――鳳翔《ほうしょう》さんか？　いや赤城かも……金剛のような気もするし、もしかして……榛名《はるな》か？

提督は、必死に思い出そうとしたが、思い出すことはできなかった。

艦娘が誰だったのか。それを知っているのは、艦娘本人だけである。

第4話　桜色の夜間監視任務

◎第一章　春のイベント

鎮守府《ちんじゅふ》の建物に春の日差しが降り注いでいた。

早いもので、年が変わってもう三ヶ月が過ぎようとしている。朝晩の冷え込みはあるが、日中の気温は二十度近くまで上がる日々が続いている。

鎮守府前に広がる海は、厳しかった冬の表情をすっかり緩《ゆる》め、岸壁《がんぺき》にはどこかのんびりとした雰囲気《ふんいき》を漂《ただよ》わせた波が打ち寄せている。

鎮守府の業務は、公務所と同じ午前八時半から始まる。とはいえ、朝の業務のほとんどは、昨日からの引き継《つ》ぎや昨晩の当直中に起こったことの報告などの取りまとめで、実際に鎮守府が動き始めるのは、始業時間から一時間ほど過ぎてからである。

今週の秘書艦《かん》である加賀《かが》が、提督《ていとく》の執務《しつむ》室のドアをノックしたのは、午前九時を少し回った頃《ころ》だった。

「どうぞ」

提督の返事を聞いた加賀は「失礼します」と声をかけてドアを開け、その場で一礼した。

「昨晩の当直日誌、及《およ》び各方面からの逓送《ていそう》文書、お持ちしました」

「ああ、すまないな。昨夜はどうだった？　ここ最近は騒動《そうどう》も起きていないようだが」

加賀は微笑《ほほえ》んだ。

「はい、暖かくなって、朝の点呼に遅《おく》れてくるような娘《むすめ》もいなくなりました。ただ、潜水《せんすい》艦娘《かんむす》たちは、水の温度はまだ冬のままだと言って不満そうです」

「そうか……」

提督は苦笑いを浮かべた。

「あの水着艤装《ぎそう》は海水に反応して発熱し、水中で体温を保てるようになっているのだがな。発熱するまでにタイムラグがあるから、その間は潜水艦娘たちには、辛《つら》い思いをさせてしまっているかもしれないな」

「でも、そのタイムラグは、ほんの一分足らずのはず。贅沢《ぜいたく》を言えばきりがありません」

ぴしゃり、と言い切った加賀を見て、提督は小さく笑った。

「相変わらず加賀は手厳しいな」

「手厳しくもなります……深海棲艦《しんかいせいかん》の行動に関する報告と資源関連の報告をご覧になって下さい」

加賀はそう言うと、抱《かか》えていた書類入れの箱を提督の机の上に置いた。

「深海棲艦の行動に、何か変化があったのか？」

提督は書類入れの箱の蓋《ふた》を外して横に置いた。箱の蓋は、箱の本体と同じくらいのサイズになっている。ひっくり返して本体と並べれば、書類を未決裁と決裁済みに分けて使えるようになっているのだ。

提督は箱の中にあった報告書を読み始めた。

それには、深海棲艦の行動がさらに拡大しつつあることと、新たな海域に拠点《きょてん》を建設し始めているのではないか、ということが書かれていた。

「新海域か……何の情報も無いまま、飛び込むわけにもいかないな……」

加賀はうなずいた。

「はい。それと、この資源調達に関する報告もご覧下さい」

加賀に言われて、その報告書に目を落とした提督は考え込んだ。

「現状維持《いじ》には充分《じゅうぶん》、だが、新海域に進撃《しんげき》するには不足している……ということか」

「新海域に進む前に、しばらくの間、備蓄《びちく》に本腰《ほんごし》を入れないと、作戦途中《とちゅう》に資源切れを引き起こすことになりかねません」

二つの報告書を見比べていた提督が、ため息をついて言った。

「はあ……何でこう、深海棲艦どもは春夏秋冬に一回ずつ、決まったように大きな行動を起こすんだろうな……イベントでもやっている気分になるな。

それはそうと、艦娘たちには、新海域の話はしばらく伏《ふ》せておいた方がいいだろうか？」

「はい、新海域への進撃は特別なイベントですからね、準備が調《ととの》うまでは、その方がよろしいかと……」

加賀のその言葉を、提督の執務室のドア越《ご》しに、一人の艦娘が聞いていた。

それは遠征《えんせい》の終了《しゅうりょう》報告のために執務室にやって来ていた、軽巡《けいじゅん》艦娘の長良《ながら》だった。

——え？　何の話？

今、加賀さんが『特別なイベント』って言ったような気がしたけど……。

長良は、そんなことを考えながら、執務室のドアをノックした。


遠征の報告を終えて待機室に戻《もど》って来た長良が、なにやら考え込んでいるのを見て、最初に声をかけたのは、同じ長良型の軽巡艦娘、由良《ゆら》だった。

「どうしたの？　長良姉さん。何か心配事でもあるの？　私で良ければ相談に乗るわよ？」

「あ、うん、たいしたことじゃないんだけど。さっき、提督の執務室に行ったら、提督と加賀さんが話していたのを聞いちゃったんだけどね。

提督が『艦娘たちにはしばらく伏せておいた方が——』って言ったから、気になって聞いていたら、加賀さんがこう言ったのよ……『特別なオベントですからね、準備が調うまでは、その方がよろしいかと……』って。

ねえ、特別なオベントで、準備が調うまで伏せておく、って、何のことなんだろう？」

「うーん……」

由良は考え込んだ。

「それは、きっとあれよ。みんなでお出かけする時の話じゃないかな？」

「お出かけって……遠征？」

「うん。きっと難易度が高くて、四十時間とか八十時間とか、そういった長時間の遠征なのよ。それで、お弁当も特別なのよ！」

その時、二人の後ろで聞き耳を立てていた五十鈴《いすず》が割り込んできた。

「ばっかねー。そんなんじゃないわよ！」

「じゃあ何なのよ」

五十鈴は、得意げに右手の人差し指を立てて、長良と由良に振《ふ》って見せた。

「この時季に、お弁当を持って出かけるとなれば、それはずばり、お花見よ！」

「お花見ィ？」

「そうよ！　特製の花見弁当を、満開の桜の下で広げて、春の日差しを浴びながら、生き

ているこの瞬間《しゅんかん》を喜び、味わう！　まさに春ならでは！」

自信満々に言い切る五十鈴を見て、横にいた名取《なとり》が、心細げに答えた。

「五十鈴ちゃん、それはどうかな……」

だが、消え入るような名取の声は、長良と由良には届いていなかった。

「そうか！」「そうよね！」

互《たが》いの顔を見合わせてうなずきあった二人は、五十鈴を褒《ほ》め称《たた》えた。

「さすが五十鈴ね」

「誰《だれ》よりも先に電探《でんたん》を装備しただけあって、情報の収集と分析《ぶんせき》は言うこと無いわね！」

五十鈴は、そのメリハリのあるボディを誇示《こじ》するように胸を張って自慢《じまん》げにうなずいた。

「ふふん、当然よ！」

この五十鈴が断言した『特製お弁当で、花見をする計画が極秘《ごくひ》裏に進められている』という情報は、いつものごとく、あっという間に鎮守府中に広まった。

ただでさえ気分が浮《う》かれてくる春の季節である。鎮守府のあちこちに植えられている桜のつぼみも綻《ほころ》び始めたこの時季に、その情報はあまりにもタイミングが良すぎた。

言うなれば『疑う余地が無かった』のである。

◎第二章　作戦の決定

午後の業務が始まってしばらくして。

こんこんこん！

提督執務室の扉《とびら》が素早《すばや》く三回叩《たた》かれた。

「どうぞ」

ぞ、という提督の声が消えるよりも早く、扉が開かれる。

「失礼しマース！」

だんっ。先頭を切って部屋に踏《ふ》み込んだのは金剛《こんごう》。

「どうもー！」

ショートカットも凛々《りり》しい比叡《ひえい》が続く。

「……」

無言のまま、うつむき加減に榛名《はるな》が入る。

「金剛、比叡、榛名、霧島《きりしま》。参上しました、司令」

最後に入ってきた霧島が扉を閉じてから提督に向かい、背を伸《の》ばして申告《しんこく》する。

高速戦艦《せんかん》四姉妹、揃《そろ》い踏《ぶ》みである。非番なので艤装《ぎそう》はない。

「うん、楽にして」

「はい」

全員が揃って足を半歩開く。それを見て提督《ていとく》はおや、と思った。

元より仲の良い姉妹だが、テンションが高い時には、見えない糸でつながっているかのように動きがシンクロする。シンクロした金剛四姉妹の連係攻撃《こうげき》を見た漣《さざなみ》は『テトラポッドアタック』と命名したが、周囲からは不評である。

――何かいいことでもあったのかな？

食事を部屋で食べた提督は、鎮守府《ちんじゅふ》内で広まっている花見のウワサを知らない。

彼が金剛四姉妹を呼んだのは、企画《きかく》中の夜間大演習で彼女たちに演習の監督艦《かんとくかん》としての任務を命じるためである。

夜戦は混乱しやすい。

安全のために手を打っても事故は起きる可能性がある。起きて欲しくはない想定外が、いざ起きた時のために動ける艦娘を配置しておくのも、提督の仕事である。

「金剛、比叡、榛名、霧島。少し難しい任務があるんだが……」

さてどこから説明したものか、と提督は机の上のメモ書きを見る。

そのタイミングを摑《つか》んで、ばっ、と金剛が掌《てのひら》を提督に向ける。

「まっかせなサーイ！」

金剛が口火を切るや、比叡と霧島も勢い込んで口を開く。

「金剛お姉さまと一緒《いっしょ》に、頑張《がんば》ります！」

「私たち姉妹にこの任務とは、さすが提督です。分かっておられますね！」

そして榛名が伏せ気味だった顔を上げた。

その瞳《ひとみ》は、きらきらに輝《かがや》いていた。

「うれしいです、提督！　榛名、絶対、お花見を成功させます！」

「そうか、ありがとう……」

そう言ってうなずいた提督は、はっとしたように目を見開いて顔を上げた。

「……え？　お花見？」

ここでようやく、提督は話が食い違《ちが》っていることに気がついたが、金剛たちはそんなことに気がつくはずもない。

「はい！　聞きました。みんなでお弁当を持ってお花見するって。提督がこんな風に私たちを気遣《きづか》ってくれるなんて、榛名、感激です！」

そう言って、榛名は提督の手を細い指でしっかりと握《にぎ》った。

普段《ふだん》は他《ほか》の三人の姉妹から一歩下がり、目立とうとしない榛名の思わぬ積極性に、提督は言葉を詰《つ》まらせてしまう。

何か言おうにも、握られた指の感触《かんしょく》ばかりが意識される。

――指先細い。白い。柔《やわ》らかい。

金剛たち三人の姉妹は、榛名が握った提督の手を振り回さんばかりに喜んでいる様子に、目を細めている。

どうすればいいのか分からなくなり、提督は助けを求めるかのように金剛四姉妹の後ろにいる秘書艦《かん》の加賀に目をやる。

加賀とは、正規空母では赤城《あかぎ》に続いて長い付き合いだ。アイコンタクトでもある程度の会話が可能である。

――どういうことだ？

――そういうことでしょう。

朝から一緒に仕事をしていたせいで、加賀も鎮守府に流れる花見のウワサは知らない。

――どうすればいい？

――提督がご自分でお決めになることです。

加賀の目は、そっけないを通り越《こ》して、冷たい。

視線の先には榛名に握られた提督の手がある。

——せめて秘書艦としてアドバイスを！

——いつまで榛名の手を握ってるんですか。いやらしい。

——握られてるのはこっちだよ！　それにそれ、アドバイスじゃないよね!?

——知りません。

ぷい、と加賀が横を向いた。

アイコンタクト切断。

孤独《こどく》な決断を迫《せま》られた提督は、必死に考えた。

——ここでお花見を否定するのは簡単だ。だが、そうなれば、金剛四姉妹はどんな顔をするだろう。

金剛は露骨《ろこつ》にがっかりするだろう。比叡は怒《おこ》るだろうな。霧島は表面上冷静だが、きっと殺意満々の目で俺を見据《みす》えるだろう。

そして榛名は……。

浜辺《はまべ》に打ち上げられた深海魚のような虚《うつ》ろな目で「榛名は大丈夫《だいじょうぶ》です」と繰《く》り返すようになるに違いない。

果たしてそれは、鎮守府を預かる提督として正しい決断だろうか？

「きゃっ」

榛名の小さな悲鳴に提督は我に返った。

それは、自分がずっと提督の手を握っていたことに自分で気づいた榛名が上げた悲鳴だった。

「す、すみません……」

手を放し、真っ赤な顔でぺこぺこと頭を下げて謝る榛名に、提督は優《やさ》しく声をかけた。

「気にしなくていいよ、榛名。うん、君たちには花見を仕切ってもらいたいんだ。普段の任務とは別に、プライベートな時間を割《さ》いてもらうから心苦しいんだけど……」

提督の言葉を聞いて、金剛四姉妹は目を輝かせた。

「大丈夫デース！」

「任せてください！」

「完璧《かんぺき》な花見をお約束いたしますわ」

「がんばります！」

かくして、お花見は鎮守府の公式行事となった……というか、なってしまった。

幹事を請《う》け負って意気揚々《いきようよう》と執務《しつむ》室を出ていく金剛四姉妹。

それを見送った提督の机に、加賀が書類の束をどん、と置く。

「あの、加賀さん……これは？」

見上げた提督を、無表情に見下ろして加賀は答えた。

「監督艦を引き受けさせるついでに、夜間演習の事務処理を金剛さんたちにお願いしようと思っていたのですが、どうやら彼女たちは他にもっと大事なお仕事ができたようですので。仕方ありませんから、提督にお願いします」

「あのー、すごくたくさんあるんですけど……」

「それが何か？」

「はい。やります」

言い訳もせずに黙々《もくもく》と書類仕事にかかる提督のつむじを、加賀は立ったまま見下ろしていたが、やがて小さく吐息《といき》をついた。

「はぁ、まったくあなたという人は……」

書類の束の半分を、取り上げる。

「加賀？」

「私もお手伝いします。このままでは、二人ともお花見に参加できなくなりますから」

「ありがとう。苦労をかける」

「それが秘書艦の仕事です」

自分の机で作業を始める時に、加賀は自分の指を見た。

空母の艦娘《かんむす》として弓を扱《あつか》うせいか、指は長くしっかりしている。そして秘書艦仕事が多い指先にはインクなどで黒い染《し》みがついていたりする。

「……負けません」

聞こえないよう口の中でだけつぶやき、加賀は万年筆を持ち上げた。


花見の開催《かいさい》、ということで最初に金剛たちが向かったのが、鎮守府内にある気象予報室である。ここには各地からの気象情報が集まり、気温や降水確率などの予報データがあるのだ。

この一ヶ月あまりの、地図の上にぐるぐると円や曲線が描《えが》かれた気象図の束をべらべらとめくって、霧島が、眼鏡をくい、と持ち上げた。

「私の予報では、来週から天気が悪くなりますね。気温も下がって、風が強くなりそうです。すでに咲《さ》いている花も散ってしまうでしょう」

「オゥ……桜の命は短いデス。ならば今週中に開催すべきでショウ」

「でも、鎮守府内の桜ですとまだ三分咲《ぶざ》きです。来週でもいいんじゃないですか？」

比叡の言葉に、金剛が首を振《ふ》る。

「花が残っていても、天気が悪ければ外でのお花見はできまセン。それに来週はナニかありそうですしネ」

「何かって、何ですか?」

「秘密デース」

榛名が提督《ていとく》の手を握った時、提督が何か悩《なや》んでいる様子だったことに、金剛だけは気が付いていた。理由は分からないが、花見以外の目的で自分たち姉妹は呼ばれたのではないか。

金剛はそう推測していた。

――でも、花見も大事デース。

艦娘は、軍艦《ぐんかん》であると同時に、年頃《としごろ》の娘《むすめ》でもある。

戦いばかりに情熱を注いでいては、娘の部分が消えていく。艦娘が守るべき日常とは、鎮守府《ちんじゅふ》の外にだけあるのではない。

みんなで綺麗《きれい》な桜の花を愛《め》で、一緒《いっしょ》に楽しむ。そうやって、自分たちと、守るべき日常とを結びつける。来年もまた皆《みな》で揃《そろ》って花見をしようと、そう思える。

苦しい戦いの中でも、もうちょっと頑張《がんば》ろうと、そう思える。

――そうなれば、私たちはもっと強くなりマス。

だから金剛は、提督の困った顔に知らぬふりをしたのだ。決して、困った顔をしている提督が可愛《かわい》らしかったからだけではない。

「お姉さま、明後日《あさって》の夜なら、遠征《えんせい》や演習もなく、ほぼ全員が鎮守府に揃っています」

気象図に続いて分厚い手帳をめくってスケジュールを確認《かくにん》していた霧島が報告する。

「夜桜デスか、いいデスネ。そうとなれば、後は花見の場所ですネ」

「あの……春島の桜はどうでしょう？」

提案したのは、提督室を出てからずっと自分の手を握《にぎ》りしめている榛名だった。

「春島？」

「鎮守府の港を出た先にある、小さな無人島です。ほら、四つ並んで、春島、夏島、秋島、冬島とある、一番手前の島です」

「ああ、あの島ですか」

「いつも通る時に見ていたんです。あの島は野生の桜がたくさん生えていて、春になると綺麗に桜色に染まるから、春島って名前がついたんだそうです。今がちょうど満開ですわ」

「榛名、それはナイスなアイディアですね。では下見に行きましょう！」

「今からですか？」

「思い立ったが吉日《きちじつ》デース！　英語で言うと“Why put off until tomorrow what you can do today”今日できることを明日《あした》に延ばすな、デスネー！」

「でも、海を渡《わた》りたくとも、四人とも非番なので艤装《ぎそう》はありませんよ？　艤装が無いと艦娘でも海の上を進めません」

「申請《しんせい》すれば装備できるケド……」

金剛はしばらく考えていたが、やがて首を振った。

「せっかくなので、カッターで参りまショウ。ロウ、ユア、ボートデスネ」

十五分後。

鎮守府の湾内《わんない》に、金剛たちの掛《か》け声が響《ひび》いていた。

「オー、エス！　オー、エス！」

金剛の掛け声に合わせて、四人でオールを漕《こ》ぐ。波は静か。けれど、かかる飛沫《しぶき》はまだ冷たい。

「オー、エス！　ひえ～。けっこう、距離《きょり》がありますねー」

「オー、エス！　どうやって行くかは、ちょっと考えないといけませんね」

「オー、エス！　お花見のための道具やお料理もありますから、発動機付きの船が最低でも一艘《そう》は必要です」

島までは人力で漕いで三十分ほどで着いた。

「どこに寄せますか？」

「上陸しやすそうな場所を探しますネー。島をぐるっと回りマース！　ヨーホーホー！　ラム一本！」

「お姉さま、その掛け声では海賊《かいぞく》です」

カッターで島の周囲をぐるりと回ると、陸地に向いた側に砂浜《すなはま》ができていた。反対側は波でえぐれて崖《がけ》になっている。

「これは砂浜のある側から上陸ですネ」

「でもこれ、桟橋《さんばし》もないし、砂浜に乗り上げる形になりますよ」

「花見の間にボートが流されないよう繫留《けいりゅう》も必要です。あまりたくさんの船で移動してくるのは良くないですね」

上陸場所は見つかったが、狭《せま》い砂浜は鎮守府の艦娘がボートを何十艘も使って上陸するには適さない。

「かといって、何度も往復するには距離がありますネ。ムムム〜」

金剛が悩んでいると、比叡がボートの縁《へり》から、えいや、と降りた。艤装があれば足は海面に浮《う》かぶが、今はばしゃりと音を立てて沈《しず》む。水の深さはふくらはぎほどまであった。

「うわー、冷たー！　えーと、でも砂もしっかりしているし……遠浅《とおあさ》ってわけでもないな。うん、これなら大発《だいはつ》が使えますよ」

「大発？　ああ、そういえば最近、鎮守府に配備されましたネ。比叡、それはグッドなアイディアですよ。食事などもそれで陸揚《りくあ》げしましょう」

「問題はここからですね。小さな島ですけど、道はありませんし……あ、ある！」

そう言って霧島が指差した先には、ちゃんとした道ではないが、踏《ふ》み分け道のようなものが島の頂上へ延びていた。

「ふむ、前に人が出入りしたこともあったようですネ」

「日没《にちぼつ》より前に来て……でも、帰る時は真っ暗ですね」

「照明も用意しなければいけませんね」

これからの作業を手帳に書いていくのは霧島の役目だ。

青葉《あおば》を通しての全員への通知や参加確認、間宮《まみや》へのお弁当の仕出し注文などに加え、大発や照明装備の貸し出し許可も書き加えられていく。

それをのぞき込んで、比叡と榛名が顔を見合わせる。

「こりゃ大変だ」

「なんだか、地上で戦う人の苦労が分かったような気がします」

「そうだよね。私たちは海の上だから、艦《かん》の時も補給は港で積み込めばそれで済んだけど、地上だと、揚陸《ようりく》させただけじゃ終わらないんだ」

「敵地でしたら、港が使えないからこういう風に砂浜の上に物資を積み上げる形になりますし、それだけだと敵のいい的です」

「内陸に運び込もうにも、こんな道路も何もないところじゃ、手押し車くらいしか使えないし、本当に大変」

自分のメモをもとにしばらく何かを計算していた霧島が、むむ、と眉間《みけん》に皺《しわ》を寄せる。

「金剛お姉さま、ひとつ問題が」

「なんですか？」

「ざっと概算《がいさん》で見積もりを出しましたが、けっこうなお金がかかりそうです」

「どのくらいデス？」

霧島がおそるおそる提示した数字を見た金剛は、平然とうなずいた。

「ＯＫデース。私がその数字を提督に持っていきますネー」

「いいんですか？」

「いいかダメかは、提督に判断してもらいマース。やるとなった時にお金を捻出《ねんしゅつ》するのは、提督と秘書艦のお仕事ですネ」

金剛は妹たちにニカッ、と笑顔《えがお》を見せた。

「でも、大丈夫《だいじょうぶ》です。提督はやれる男ですネー。私が保証シマース！」

その夜、金剛から見積もりの提出を受けた提督は加賀と相談した後、福利厚生《ふくりこうせい》のための積立金から花見の費用を出すこととなった。

ただし、正式な行事となると提出する書類はさらに増加する。秘書艦の加賀から白い目で見られながら、提督はせっせと書類を書き続けたのだった。

◎第三章　春島上陸作戦

夕闇《ゆうやみ》が迫《せま》る中、春島の南に面した白い砂浜が広がる浅瀬《あさせ》に、先端《せんたん》を切り落としたような、変わった形の船が一気に乗り上げ、平面になっている船首がばたん、と前に倒《たお》れた。

それは、日本が世界に先駆《さきが》けて発明した上陸用の舟艇《しゅうてい》、大型発動機艇、通称《つうしょう》『大発』である。

「うわあ、港がなくても上陸できるんだね！」

「はい。船首の部分が、そのまま歩み板になっている、スグレモノであります！」

鎮守府に大発艇を持ち込んだあきつ丸《まる》が、得意そうに胸を張った。

「さあ、上陸っぽい！　素敵《すてき》なパーティの始まりよ！」

腕《うで》を組んで舳先《へさき》に立っていた夕立《ゆうだち》が、ぴょこん、と髪《かみ》を揺《ゆ》らして叫《さけ》ぶと、同乗していた駆逐艦娘《くちくかんむす》たちが、わーい、と上陸していく。

「なんだか、海軍陸戦隊になったような気分！」

「やあやあ我こそは、海軍にその部隊ありと言われた呉鎮守府《くれちんじゅふ》第一〇一特別陸戦隊なり！　陸戦隊特殊《とくしゅ》部隊の腕前とくと見よ！」

名乗りを上げた漣を見て、朧《おぼろ》が言った。

「何言ってるのよ、あんた陸戦隊でもなんでもない、特は特でも特型駆逐艦じゃない」

「こういうのは気分よ、気分！」

駆逐艦娘たちは、それぞれの背中に荷物がくくりつけられている背負《しょ》い子《こ》を背負っている。もちろん中身は、お弁当や飲み物、それに敷物《しきもの》や照明器具だ。

「はわわわっ、艤装と違《ちが》って、荷物は重たいのです！」

「たしかにこれはちょっと……歩きにくいな」

普段《ふだん》はもっと大きな鋼鉄の塊《かたまり》である艤装を背負って、海上を駆《か》ける艦娘《かんむす》たちだが、陸の上で荷物を運ぶとなると、勝手はまったく違うようだ。

あっちへよたよた、こっちへよたよた。

まっすぐに進むのもままならない。

「ゆっ、雪風《ゆきかぜ》はっ！　雪風は転びませぇん！」

そう言った矢先、雪風は派手にすっ転んだ。さすがの『幸運艦』も、陸の上ではただの女の子である。雪風が背負っていたのは、大きなブルーシート。お弁当でなかったのが、もしかすると『幸運』なのかもしれない。

駆逐艦娘たちは、このままだと次々転んでしまうと考え、ひとりひとりが荷物を背負うのをやめて、手分けして運べる分を二人一組で運ぶことにした。

「わっせ！　わっせ！」

「はわわっ、はわわっ」

「電《いなづま》、そのかけ声はどうにかならないの？」

「そ、そう言われましても、はわわわわっ」

少々危なっかしいところもあったが、無事に桜が咲《さ》いている海岸沿いの高台に荷物を運び上げることができた。

高台に立った吹雪《ふぶき》が、駆逐艦娘たちを見回して言った。

「さあ、設営よ！」

「まずどうするの？」

「シートを広げようか」

「それよりお弁当どこに置くのさ」

「そりゃ、桜のそばでしょ？」

「地べたにそのまま置くの？」

「だから、先にシートを」

「シート持ってるの誰《だれ》ー？」

「雪風じゃなかった？」

「え？　雪風は持ってませぇん。さっき巻雲《まきぐも》さんに」

「そこでどうして巻雲なの！」

「だからお弁当はどうするのー？」

わいわいがやがや。まさに『船頭多くして艦娘《ふね》山に登る』といったありさまである。

そこに、すっと一人の軽巡《けいじゅん》艦娘が進み出て声を上げた。

「会場設営といえばライブ！　ライブといえば那珂《なか》ちゃんです！　設営なら那珂ちゃんにお任せ！」

「お任せって……」

不安げな視線を一部の艦娘から向けられても、那珂は気にせず、続けた。

「もう薄暗《うすぐら》くなってきたから、シートよりも先に照明だよ！　足もとが見えないまま設営したら、危ないものね！」

「おおー」

「那珂さんが、まともなこと言ってる……」

ひどいリアクションを見せる艦娘もいるが、那珂はちっとも気にせず続ける。

「……というわけで、まずは発電機の準備だよ！　燃料を入れたあとは、ちゃんとフタをしてね！　さあみんな、がんばろー！」

「おー！」

発電機が風下に据《す》えられ、桜の花の咲く枝の下に電球のソケットがついた電線が張られ、駆逐艦娘たちが、そのソケットに電球と紅白のぼんぼりを取り付けていく。

「急いでー！　手元が暗くなる前に電球を取り付けるのよ！　ぼんぼりはあとからでも大丈夫だから！」

やがて、延びた電線の先頭から声が返ってきた。

「電球取り付け終わりましたー！」

「よーし、電！　スイッチを入れて！」

「私は雷《いかずち》よ！　電じゃないわ！」

「どっちも電気関係なんだからいいじゃない、さっさとスイッチオンよ！」

「名前が雷だからって、電気に詳《くわ》しいわけじゃないわ、そこのところ、ちゃんと考えてよね！」

ぶつぶつ言いながらも、雷は言われたとおりに発電機のスイッチを入れる。こういうところは素直《すなお》である。

雷がスイッチを入れるのと、桜の花がぱあっと浮《う》かび上がるのは同時だった。

「はわあ、キレイですぅ」

「ええなあ、これ、最高や！　造幣局《ぞうへい》の通り抜《ぬ》けよりええで！」

「さあさあ、見とれていないで、今度はシートの上に持ってきた毛氈《もうせん》を敷《し》いて！　そこの丸めたじゅうたんみたいなヤツよ！　向かい合わせに敷いて、その前にお弁当を置いていくのよ！　奥が戦艦《せんかん》姉さんとか重巡さんたち大人の人の席ね。こっちが私たち軽巡と駆逐艦娘の席よ。お弁当が違うから気をつけてね！」

「お弁当、どんな風に違うの？」

「大人向けは、お酒を飲む人に合わせた料理が入っているらしいよ？　私たち向けとは味付けとかも違うんだって」

「へえ、楽しみだね」

那珂の（意外なほどの）適切な指示もあって、見る見るうちに準備は調《ととの》う。

やがて、大発の第二便に乗って、提督《ていとく》と当直勤務員以外の艦娘たちも、無事に島に到《とう》着《ちゃく》した。

「ほう、これはいいな」

「夜桜というのも乙《おつ》なものですね」

「山を背にしているから、風が来ないのもいい。軽巡と駆逐艦《くちくかん》だけに任せて大丈夫《だいじょうぶ》かと心配していたが、いい場所を選んだものだ」

長門《ながと》たち戦艦娘《せんかんむす》が口々に設営を褒《ほ》める中、全員が席に着き、いよいよ乾杯《かんぱい》の段となった。

宴会《えんかい》の進行は、重巡たちの仕事である。

「えーと、こういう時の乾杯の音頭《おんど》って、誰が取るの？」

そう、鳥海《ちょうかい》に聞かれた摩耶《まや》は、少し考えて答えた。

「艦隊《かんたい》筆頭にお願いするのが良いんじゃないかな？」

「それなら、赤城さんか、長門さん？」

重巡艦娘たちの視線が赤城に向く。

だが、赤城はというと、

「一航戦・赤城！　お箸《はし》の準備は上々です！」

一同ため息……。

「ダメだわ、赤城さんはもう、お弁当しか見てないよ？」

「じゃあ、なが……」

今度は視線が長門に向けられる。

「わははは！　巻雲、お前はかーわいーいーなー！」

「ふ、ふえええ！　長門さん、なんでもう酔《よ》ってるんですかあー！　夕雲《ゆうぐも》ねえさーん、たすけてくださーい！」

巻雲を撫《な》で回す長門の隣《となり》では、赤く上気した顔の隼鷹《じゅんよう》が笑っていた。その手には、小さな吟醸酒《ぎんじょうしゅ》のビンがあった。

どうやら、酒の味見と称《しょう》して、宴席《えんせき》が始まる前に軽空母の隼鷹に飲まされたらしい。

「……アレは、もうダメね」

「……ええと、じゃ、じゃあ」

「これはもう、司令官さんにお願いするしか！」

「というわけで、提督！　よろしくな！」

重巡たちに頭を下げられた提督はあわてた。

「え、お、俺か？　俺はこういうプライベートな席では……」

乾杯の音頭を逃《のが》れようとするが、重巡たちは逃《に》がさない。

「はい！　なんというか、他《ほか》にお願いできそうな人がいません！」

「頼《たの》むよ！」

「ひどい理由だな、オイ！」

とはいえ、こういう席では誰かが乾杯の音頭を取らなければ、いまいち締《し》まらないのも事実である。

提督は、コップを手に立ち上がった。

「えーと、それでは、乾杯の音頭を取らせてもらおうと思う。

みんなも知っての通り、我々の戦いは続いている。最前線でも、後方支援《しえん》でも、決して楽なものではない。

けれども、ひとりひとりが成長し、また、新しい仲間も増えた。

だから、自分は大丈夫だと信じている。君たちがいるから、大丈夫だと。

それでは、諸君のますますの活躍《かつやく》と、我らが鎮守府《ちんじゅふ》の結束を願って……乾杯！」

「かんぱーい！」

……と、まあ、乾杯の音頭はかっこよかったのだが。

提督は、早々に撃沈《げきちん》された。

妙高《みょうこう》四姉妹の、波状《おしゃく》攻撃を受けたのである。

「ど〜したあ、司令官ー！　わらひの酒《しゃけ》がぁ、飲めにゃいのかぁ〜！」

「そ〜よぉ〜！　わてゃひのお酒《ちゃけ》も〜、飲みなちゃい〜！」

「な、那智《なち》姉さん、足柄《あしがら》姉さん、提督、もう酔いつぶれちゃってますよう……」

「む。そ〜かあ。それなら仕方ない〜」

「じゃあ〜、羽黒《はぐろ》ぉ〜、今度《こんろ》は、あにゃたがぁ〜飲みなちゃあい！」

「きゃ、きゃぁあああああ！　妙高姉さん、たすけてくださぁぁぁぁぁぁぁい！」

一方、酒が飲めない駆逐艦娘《くちくかんむす》と、軽巡艦娘たちは間宮の特製お弁当を開き、その中身を見て歓声《かんせい》を上げていた。

「すっごーい！」

「ほらほら、チキンライスに旗が立ってるよ！」

「ちゃんと鎮守府の旗になってるわ！」

「ま、まったくもう、間宮さんったら！　暁《あかつき》は子供じゃないんだから、こんなお子さまランチみたいなこと、しないで欲しいわねっ！」

そう言いながら暁は丁寧《ていねい》に鎮守府の旗をつまみ上げ、ハンカチで包んで、そっとポケットにしまった。

「この照り焼きハンバーグ、おいしーです！」

「唐揚《からあ》げも、とってもジューシィ！」

「あー、どうやったら、こんな美味《おい》しいお弁当作れるんだろう？　悔《くや》しいなあ」

駆逐艦娘たちの羨望《せんぼう》の混じったつぶやきを聞いていた軽巡の鬼怒《きぬ》が、うなずいた。

「あたしたちだって、練習すれば作れるようになるよ！　料理も戦闘《せんとう》も訓練あるのみ！ってね！」

「えー……食べる訓練だけでいい……」

初雪《はつゆき》のつぶやきを聞いて、白雪《しらゆき》が笑った。

「初雪らしいわね……もし、彼氏ができて、お弁当作ることになったらどうするの？」

「その時は……本気出す」

「本気って、練習してないと出せないよ？」

「うん……だから、こうやって味を覚えてる。これだって……練習」

もぐもぐと口を動かしながら、初雪がそう答えていた、その頃《ころ》。

「こ、これはっ！」

大人向けのお弁当の蓋《ふた》を開けた赤城は、息を呑《の》んだ。

――なんという彩《いろど》り！　なんという鮮《あざ》やかさ！　目を引く赤さの海老《えび》！　艶《つや》やかな合鴨《あいがも》の燻製《くんせい》！　黄金の輝《かがや》きを見せる厚焼き卵！　それを引き立てる渋《しぶ》い色合いの角蒟蒻《こんにゃく》！　花びらのように先端《せんたん》だけピンク色に染めた百合根《ゆりね》。そのピンクを引き立てるグリーンアスパラとたらの芽の天ぷら。

赤魚南蛮《なんばん》漬《づ》けと鮭《しゃけ》味噌《みそ》幽庵《ゆうあん》焼、そして肉団子。ご飯は、筍《たけのこ》の炊《た》き込みご飯の上につくしとインゲンを散らし、隅《すみ》には刻み柴漬《しばづ》け。

そして小さな桜餅《さくらもち》まで！

赤城は、思わずお弁当の上で箸を迷わせた。

――迷い箸、というのが無作法なのはわかっていますけど、これは仕方ありません。このお弁当はまさに一幅《いっぷく》の名画。

この中に箸を入れるのをためらうことを、誰《だれ》が責められるのでしょう……。

何から食べればいいのか……本当に迷います。

――これは蛸《たこ》の柔《やわ》らか煮《に》ですね。普通《ふつう》に煮たのでは硬《かた》く縮まってしまう蛸の足を、大根で叩《たた》いて繊維《せんい》をほぐし、みりんと醤油《しょうゆ》で薄味《うすあじ》からじっくり煮上げて味を染《し》み込ませる。手間暇《てまひま》の掛《か》かった、本当のお料理です。蛸が口の中でほぐれていきます。こんな柔らかく煮ることができるなんて、魔法《まほう》のようなお料理……。

──ここにあるのは、丸十《まるじゅう》の蜜煮《みつに》ですわね。日本料理で丸十とは『サツマイモ』のこと。面白《おもしろ》い呼び名ですけど、丸に十文字は薩摩《さつま》の島津《しまづ》家の家紋《かもん》。この呼び名はそこから来ています。ちょっと判じ物みたいで面白いですわね。

丸十の蜜煮を口に運んだ赤城は、小さく首を振《ふ》った。

──んんんー美味しい！　火を通したサツマイモの色がより鮮やかになるように、くちなしの実と一緒《いっしょ》に煮て、蜜の中で冷ましていくと、サツマイモの中に蜜が染み込んで、お芋《いも》の風味と甘さが一段と際立《きわだ》ちますね。本当に職人の技《わざ》をいただいている気分です！

次に赤城は、艶やかなタレを纏《まと》った肉団子を口に運んだ。

──あ、この肉団子、中にれんこんが入っています。お肉の風味と歯ごたえに、サクサクとしたれんこんの歯ごたえが重なって、口の中に美味しさが広がっていきます。食感もまた味の一つ、というのが、良くわかります。一手間、一仕事がすべて美味しさに繋《つな》がっているのですね。

ああ、生きていて良かった……美味しいものには、そう思わせる力があります。

感謝しましょう、感謝していただきましょう。

赤城は、うんうん、とうなずきながら、ひょいぱくひょいぱくと弁当を平らげていく。

瞬《また》く間に弁当を一個食べ終わった赤城が、次の弁当に手を伸《の》ばしたその時。

「赤城ひゃん！」

びしっ、と赤城の前に、右手の人差し指が突《つ》きつけられた。

指さしたのは、鳳翔《ほうしょう》だった。

左の手には、一升瓶《いっしょうびん》が握《にぎ》られている。

「は、はい⁉」

お弁当のおかわりをしようとしていた赤城が返事をして、鳳翔の顔を見ると、真っ赤っかだった。ついでに目が据《す》わっている。

「ひょっと、ひょこにおしゅわりなひゃい！　ひゃんと正座！」

「は、はい⁉」

「いいれすか！　あにゃたはいつも自分で言っへるよぉに、一航戦旗艦《きかん》でしゅよ！」

様子がおかしい。口調もそうだが、赤城をにらみつける目つきが、明らかにおかしい。

(も、もしかして、鳳翔さんって、お酒癖《さけぐせ》が悪い……？)

「そぉの！　一航戦らぁ！　いっつもいっつも率先《そっせん》ひて酒保《しゅほ》からぁネコババ《ギンバイ》とは何事れすか！」

「あ、あの、鳳翔さん……」

「らまってききなひゃい！」

「は、はい！」

これは、まずい。赤城はそう思って、となりの加賀に助けを……。

と、思ったら。

加賀が、いなかった。

ぶっ倒《たお》れてそれでも妙高四姉妹に絡《から》まれている提督《ていとく》の介抱《かいほう》をしている。

（い、いつのまに⁉　薄情《はくじょう》ですよ、加賀！）

「赤城ひゃん！　こっちをみなひゃい！　あと、正座！」

「は、はい！」

一航戦・赤城、最大の危機であった。

一方その頃、お弁当を一足先に食べ終わった軽巡《けいじゅん》艦娘と駆逐艦娘たちは、余興の準備を進めていた。

「宴《えん》もたけなわ！　隠《かく》し芸大会はっじめるよー！　まずは四十八番、那珂ちゃん！　歌います！」

「いきなり四十八番⁉」

「さあ、神通《じんつう》ちゃん！　スポットライト、よっろしくぅ！」

「は、はい！」

いつのまに持ってきたのか、神通が小型の探照灯で那珂を照らす。

「さあ、『恋《こい》の2―4―11《トゥー・フォー・イレブン》』エンドレスでうったうよー！」

「って、それ隠し芸になってないし！　ワンマンショーだし！」

一同のツッコミもなんのその、歌い続ける那珂をなんとか引きずり下ろすと、探照灯のスポットライトも消された。あたりが再び、薄暗《うすぐら》くなる。

と、そこに！

「わはははははは！　夜！　夜といえば夜戦！　夜戦といえば、この私！　夜戦仮面、華麗《かれい》に参上！」

仮面を着けた川内《せんだい》が、特撮《とくさつ》ヒーローのようなポーズを取る。

「夜は偉大《いだい》なり！　太陽は輝けども、万物《ばんぶつ》に影《かげ》を作る！　されど夜の闇《やみ》はすべて平等に包む！　夜を愛し、夜とともに戦う！　それが、夜戦仮面！　歴史は夜作られるのだ！」

「歴史は夜作られる……って不倫《ふりん》の映画のタイトルやで？」

龍驤《りゅうじょう》にツッコまれた川内は、焦《あせ》ったように言い返した。

「いいの！　カッコイイから！」

「今度は川内かー！」

「川内型は問題児ばっかりだなー」

「わ、私もですか⁉　ひ、ひどい……」

神通が思わず通電スイッチを握り締《し》めると、探照灯が映し出したのは、酔《よ》っ払《ぱら》った長門の姿だった。

「はははは、卯月《うづき》ー、弥生《やよい》ー、お前たちも可愛《かわい》いなあ！」

長門は、乾杯《かんぱい》の前からすでに出来上がっていたが、そのテンションはいまもまだ続いていた。

「ビッグセブンであるこの長門が、高い高いをしてやろう！」

「弥生は……別にそんなことして欲しくないですし」

「はっはっは、気にするな！　ほーら」

と、逃《に》げようとする弥生を長門はつかまえて、両脇《りょうわき》を抱《かか》え上げ……

「高い、高ーい！」

「ちょ……⁉」

世界に名だたるビッグセブンが、その全力で、弥生を放《ほう》り上げた。

まさに、高い高い。弥生は高々と宙に舞《ま》う。

「高い、高――い！」

「た、高すぎ……る」

「高ーい、高――い！」

「た、たすけ……て」

何度も、何度も、放り上げられてはキャッチ、キャッチされては放り上げられ、さすがの弥生も表情が硬くなっている。もともと表情硬いかもしれないが。

「さあ、つぎは卯月だぞー！」

「う、うーちゃんは、遠慮《えんりょ》しとくぴょん！」

「はっはっは、気にするなー！　ほーら」

「た、たすけてぴょーん！」

「高ーい、高――い！」

「ぴょ～～～～～～～～～～ん!?」

あちこちで歓声《かんせい》（と悲鳴）が上がる賑《にぎ》やかな中、桜の枝に設置されたぼんぼりの薄明《うすあ》かりの下に、妙《みょう》に静かな一角があった。

「ほら、山城《やましろ》……光の中で桜の花びらが……舞い散ってるわ……」

「そうですね、扶桑《ふそう》姉さま……」

のアイドル☆

「ゆっくり、ゆっくり散るんだよ。急がなくて、いいんだよ……と言い交《か》わすように、散っていくのね……私たちも、いつか……」

「あんな風に、散る時が……」

「その時は、山城……」

「ええ、ご一緒《いっしょ》に……」

「うふふ……」

「あはは……」

ずずずずっ。どんどん空気が重くなっていく。

なんとなく、戦艦《せんかん》同士だからと隣《となり》に座った伊勢《いせ》と日向《ひゅうが》は、凄《すさ》まじく居心地《いごこち》が悪かった。

というか、逃げ出したい。この姉妹から漂《ただよ》ってくる暗黒の空気から逃げ出したい……！

だが、席を外せば、扶桑と山城に恨《うら》まれるかもしれないと思うと動けない。扶桑も山城も、席を外してもおそらく何も言わないだろう。にっこり笑って、どうぞ、と言うかもしれない。だが、その、にっこり笑った『どうぞ』が怖《こわ》いのだ。

扶桑と山城の隣で、伊勢と日向が石になっていた、その頃《ころ》。

「これもだめ……こっちは味が濃《こ》いな……お、焼き魚があるな。これなら……」

木曾《きそ》が、お弁当の中から魚を見つけると、それをほぐして骨を取っていた。

魚の身だけをお弁当箱の蓋《ふた》に載《の》せて、そっと声を掛《か》ける。

「ほら、テイトク。お前も食え」

「にゃー」

木曾の膝《ひざ》の上には、どうやって連れてきたのか、彼女が見つけてきた猫《ねこ》のテイトクが座っていた。

「あれ？　木曾、テイトクも連れてきていたにゃ？」

「おう、こっそりとな。一人じゃこいつも寂《さび》しいだろ」

「それは提督との約束違反《いはん》だクマ」

多摩《たま》と球磨《くま》にたしなめられる木曾だが、言い返す。

「寮《りょう》や食堂に入れちゃいけないって約束はしたけど、この小島に連れてきちゃダメなんて聞いてないぜ？」

「そりゃまあ、そうだけどクマ」

「ご飯は決まったところであげる約束だにゃ」

「あ」

「だけど、ここでみんなでご飯を食べるのは、年に一回だにゃ」

「そうだクマ。テイトク一人じゃここに来られないクマ。だから、約束違反には、ならないクマ」

うんうん、とうなずく二人の姉。

「テイトクも一緒に花見だにゃ」

「夜桜だクマ。風流だクマ」

「へへ、今日はいいってよ、テイトク！」

姉二人がにっこり笑うと、木曾もそれに釣《つ》られて、笑った。

夜空に、小島の桜が、白く映《は》えている。

木曾が、テイトクの背中をなでると、

「にゃあ」

テイトクが、桜を見て、ひと鳴きした。

第5話 春宵一刻値千金

鎮守府《ちんじゅふ》の前に広がる海は静かだった。

うららかな春の光に照らされた埠頭《ふとう》に寄せる波は、ゆったりと押したり引いたりするだけで、冷たい風と共に、叩《たた》きつけるように寄せていた真冬の波の姿は、どこにもない。

「春の海、終日《ひねもす》のたり、のたりかな……って俳句のとおりだな」

埠頭に立って海を眺《なが》めていた提督《ていとく》は、そうつぶやいて、大きく伸《の》びをした。

提督の隣《となり》に立っていた、セーラー服姿の駆逐艦娘《くちくかんむす》が、にっこり笑って答えた。

「風が……変わりましたね」

「ああ、南風になった……俺がこの鎮守府に来たときも、こんな南風が吹《ふ》いていた……覚えているか？　吹雪《ふぶき》……」

吹雪は小さくうなずいた。

「はい、覚えています……はじめまして、吹雪です。よろしくお願いいたします！　確か……そうご挨拶《あいさつ》しましたよね？」

「よく覚えているな」

「あたりまえです！」

　吹雪は、胸を張って答えた。

「私は、ずっと待っていたんですよ？　何も無い、本当に建物とドックしかない空っぽの鎮守府で、司令官が着任する日を。

だから……司令官が来た日のことを忘れるはずがありません！」

「がっかりしなかったか？」

「がっかり、というより、驚《おどろ》きました。この人、ホントに司令官なのかな……って。あ、ごめんなさい、疑ってたわけじゃなくて、想像してたのと違《ちが》ったので……」

　提督は、笑った。

「だろうな、俺みたいな駆《か》け出しの、右も左もわからないひよっこ少佐《しょうさ》が、のこのこやって来たわけだものな。驚かれても仕方ない」

「最初は大変でしたね」

「ああ、鎮守府の周りの海域をうろつく、はぐれ深海棲艦《しんかいせいかん》の駆逐《くちく》イ級と軽巡《けいじゅん》を沈《しず》めるのがやっと……でも、すぐに白雪《しらゆき》や深雪《みゆき》たちが来てくれて、なんとか艦隊《かんたい》が編制できるようになって……」

「はい、今では、戦艦《せんかん》と正規空母をそろえた、百人を超《こ》える大所帯です！　四つの艦隊を使って、西方海域にも、ガンガン出撃《しゅつげき》できます！」

「そうだな……この鎮守府が、これだけの戦力を保持できているのは、吹雪のおかげだ。最初の頃《ころ》の俺は、艦娘《かんむす》のことを良く知らないまま、無理な出撃命令を出して、艦隊全員が轟沈《ごうちん》しかかったり、装備の開発に資源つぎ込んで、備蓄《びちく》が底を尽《つ》いたり……むちゃくちゃなことをやっていたものなあ」

「はい、むちゃくちゃでした！」

吹雪は、どこか懐《なつ》かしいものを見るような目で、水平線を見つめながら答えた。

「……でも、仕方が無かったんだと思います。どこにも仲間がいなくて、応援《おうえん》も何もなくて、司令官と私だけで鎮守府を動かしていかなくちゃならなかったんですから。あのとき、司令官にできることは『とにかくやってみる』ことしかなかったんだと思うんです。失敗して、ひどい目にあって、そうやって、試行錯誤《さくご》したからこそ、今の鎮守府があるんだと思います」

提督は微笑《ほほえ》んだ。

「そう言ってもらえて、ほっとした。ここ最近は、空母や戦艦の艦娘が秘書艦を務めることが多くて、吹雪と話をする機会も少なかったから、ずっと気になっていたんだ……」

「いえ、そんなこと、司令官が気にすることはありません！　私たち駆逐艦《くちくかん》は、装甲《そうこう》が薄《うす》いので、敵との砲撃戦《ほうげきせん》で損傷することが多いですから、仕方ないんです。敵艦と正面から砲雷撃戦《ほうらいげきせん》を行うには、装甲の厚い、戦艦や重巡のお姉さんたちの方が向いています。私たち駆逐艦娘は、遠征《えんせい》で活躍《かつやく》すればいいんです。適材適所ってヤツですよ、司令官……」

吹雪は、そこで言葉を切って、うすく頬《ほお》を染めた。

「……それに、遠征なら危険も少ないです。私たちを遠征に使うのは、司令官の優《やさ》しさだと思っています」

「そうか……」

提督は小さくうなずいた後で、吹雪を正面から見つめた。

「作戦海域が南方海域まで広がったことは、知っているな？」

「はい、先日のカスガダマ沖《おき》の戦いで装甲空母鬼を倒《たお》し、南方への道が開いた、とお聞きしました」

「南方海域は、小さな島々が並ぶ狭《せま》い水域が多く、戦艦や重巡という大きな艦が遠距離《えんきょり》から撃《う》ちあう戦いではなく、軽巡や駆逐艦などの小型艦が、その機動力を活《い》かして狭い海峡《かいきょう》で砲雷撃戦を行う戦いになると俺は考えている」

「私たち駆逐艦の出番なんですね！」

「そうだ。それと……南方海域は敵航空機の勢力圏《けん》だ。航空攻撃《こうげき》を避《さ》けるため、夜間行動がメインになるだろう。当然敵との遭遇戦《そうぐうせん》も夜間になる」

「夜戦ですか！」

「そうだ。闇《やみ》と島陰《しまかげ》を利用して、高速で敵の大型艦に肉薄《にくはく》し、必殺の魚雷《ぎょらい》を叩き込む、駆逐艦と軽巡が主役の戦いだ。

当然、こちらも無傷ではすまない。大破、中破はあたりまえの、壮絶《そうぜつ》な戦いになるだろう……駆逐艦たちは、その戦いに耐《た》えられるだろうか？」

吹雪は、真っ直《す》ぐに提督を見つめ、そして微笑んだ。

「はい！　やれます！　司令官がやれと言うのなら、やって見せます！　お忘れですか？　司令官。私たちだって、立派な艦娘なんですよ？」

「そうか、そうだったな……」

提督は照れたように視線を逸《そ》らして、うなずいた。

「……とはいえ、いきなり実戦に放《ほう》り込むような無謀《むぼう》な真似《まね》はしたくない。まず、みっちりと夜戦の演習を積んで練度《れんど》を上げてから実戦に臨《のぞ》もうと思っている。君から駆逐艦のみんなに、それとなくこの話を伝えておいてくれないか？」

「はい、わかりました！　これって、アレですね？　いきなり命令を下すのではなく、その前に、あらかじめ話を振《ふ》っておく、根回しってヤツ……」

「ああ、そういうヤツだ……」

「川内《せんだい》お姉さんが飛び上がって喜びそうな話ですね」

吹雪は、そう答えると、ふふっ、と小さく笑った。


次の日。

鎮守府の待機室の掲示板《けいじばん》に『夜間大演習実施《じっし》のお知らせ』と書かれた大きな紙が貼《は》り出された。その紙には、このような告知文と注意事項《じこう》が、箇条書《かじょうが》きで書かれていた。

・夜間演習の主力は、軽巡と駆逐艦とする。
・日中の演習、及《およ》び長時間の遠征は中止とする。
・夜間演習に参加した者は、当直免除《めんじょ》となる。
・これに伴《ともな》い通常勤務シフトの変更《へんこう》が多数ある。事前の確認《かくにん》を忘れるな。

朝食を終えて、業務開始前に待機室にやってきた艦娘たちは、一斉《いっせい》に掲示板の前に群がった。

「うわあ！　夜間大演習だって！」

「夜更《よふ》かしは、お肌《はだ》に悪いのよねえ……」

「それより怖《こわ》いのは、衝突事故《しょうとつ》だ」

「そうそう、単縦陣《たんじゅうじん》で航行しているとさあ、前の艦の動きに気がつかないでぶつかっちゃうことがあるんだよねえ」

「ホント、衝突は怖いわ……」

浮《う》かない表情で顔を見合わせていた若葉《わかば》、長波《ながなみ》、初霜《はつしも》の三人の後ろに立った軽巡の艦娘が、元気付けるように言った。

「あなたたちは、キス島撤退《てったい》のときに、衝突してしまいましたものね。でも、今度は御安《ごあん》心《しん》なさい。駆逐艦でも積める新型の電探《でんたん》が開発されたのよ」

「神通《じんつう》さん！」

「本当ですかあ？」

「さすが、第二水雷《すいらい》戦隊の旗艦《きかん》だけあって、頼《たよ》りになりますね！」

三人の駆逐艦娘が目を輝《かがや》かせた、そのとき。

「夜戦だぁあああああっ！」

待機室に、雄《お》たけびにも似た声が響《ひび》き渡《わた》った。

言わずと知れた川内である。

――ああ、やっぱり。

待機室にいた艦娘たちが、全員、そんな表情で川内を見た。

「夜間大演習！　すごい！　この世の天国じゃない！」

頬を紅潮させて目を輝かせる川内の後ろから、龍田《たつた》が声をかけた。

「あらぁ、川内ちゃんは自分が選ばれる気満々だけど、まだ、夜間演習に誰《だれ》が選抜《せんばつ》されるのか、わからないわよぉ？」

「え？　じゃあ、私が外される可能性があるってこと？」

「それはわからないわぁ、夜戦の演習をする、ってことだけしか決まってないってことは、川内ちゃんが選ばれないで、お留守番、ってこともあるんじゃないかしら？　軽巡は、鎮守府のなんでも屋さんだから、当直勤務だってあるし、遠征艦隊《えんせいかんたい》の引率《いんそつ》もあるし……」

川内は目を見開いた。

顔色が真っ青である。

川内は震《ふる》える声で、隣にいた那珂《なか》に聞いた。

「ね……ねえ、那珂、もし私が外されちゃったらどうしよう？」

那珂は、悪戯《いたずら》っぽくウィンクして答えた。

「決まってるじゃない！　そういうときは、私を使ってくださいーって提督《プロデューサー》さんに直訴《じきそ》するんだよ！」

「直訴？」

怪訝《けげん》な顔をする川内に、龍田が面白《おもしろ》そうに答えた。

「ほら、時代劇とかで見たこと無い？　お殿様《とのさま》にお願いするときの方法よ！」

「あ、アレね！　うん、わかった！」

「え？　あの、直訴って、偉《えら》い人に直接お願いするってことで、時代劇とかそういうのに出てくるのとは、ちょっと違うんだけどー」

那珂はあわてて言葉を訂正《ていせい》した。だが、龍田の話に一心不乱に聞き入っている川内に、その言葉は届いていなかった。

午前八時三十分。

執務室《しつむ》に通じる鎮守府《ちんじゅふ》の長い廊下《ろうか》を、秘書艦である赤城と一緒《いっしょ》に歩いて来た提督《ていとく》は、妙《みょう》なものを見つけた。それは、執務室の前の廊下に、土下座するようにうずくまっている一人の艦娘だった。

「……なんだあれ？」

「制服は川内型のようですが……誰でしょう？」

提督と赤城が、そんな会話をしながら近づくと、その艦娘が、がばっと顔を上げた。

「川内？」

「何をしているんだ？　そんなところで……」

川内は何も言わず、抱《かか》え込んでいた青竹をいきなり提督に向かって突《つ》き出した。

「うひゃ！」

提督が驚《おどろ》いて身を引くのと、赤城が提督を守るように前に身を躍《おど》らせるのは同時だった。

「何をする！」

「お願いがございまする！」

赤城の声と、顔を上げて叫《さけ》んだ川内の声が重なった。

「お願いだと？」

見ると、突き出された青竹の先に白い封筒《ふうとう》が挟《はさ》んである。

「直訴はご法度《はっと》ということは知っております！　たとえこの身は無礼討《ぶれいう》ちになろうとも、この願いぜひとも聞きとろけ願ったりかなったり……いや、聞き届き願い建前おまつり、お餅撒《もちま》き……じゃないいや、なんだっけ？」

「もしかして、聞き届け願い奉《たてまつ》ります、か？」

「あ、そうそう、それそれ！　さすが提督、物知りですね！」

赤城と提督は、顔を見合わせて同時にため息をついた。

「一体誰に教わったのやら……」


この日の午前中。提督は鎮守府の艦娘《かんむす》たち全員を講堂に集めて説明を行った。

「今回の夜間大演習について、これから説明する。

演習の概容《がいよう》については、掲示板に貼り出してあるとおり、軽巡《けいじゅん》と駆逐艦を主体とした艦隊を編制し、ローテーションを組んで、当分の間、二日おきに連続して行う予定だ。

軽巡と駆逐艦は、漏《も》れなく参加してもらう。早くも自分を売り込みに来たヤツもいるが、特別扱《あつか》いはしない……」

提督がそこで言葉を切って、川内の方を見ると、居並ぶ艦娘たちの間から、小さく笑いが漏れた。

「さて、君たちも知っていると思うが、夜戦は、敵も味方も混乱しやすい。暗いから、敵がどこにいるかわかりにくい、というだけではない。味方がどこにいるかも、夜戦では見失ってしまうのだ。

そのため、混乱して衝突事故が起きないように、いままでの夜間演習は、攻撃を仕掛《しか》ける側と受ける側を決めておき、攻撃を受ける側に最初の何分間は動いてはいけないとか、攻撃する側にあらかじめ敵の位置を知らせるなど、いろいろなルールを作ってきた。

しかし、サーモン海の戦いでは、遭遇戦の形での夜戦もあり得る。

そこで、今回の夜間演習は、遭遇戦を想定した設定で実施することにした！」

艦娘たちの間から、ざわめきが起こった。

「それって、攻撃側も防衛側も両方とも動いているってこと？」

「衝突する可能性大じゃん！」

「電探の使い方を、よく覚えておかなきゃ！」

「見張りと電探、両方とも特訓だね！」

提督は、傍《かたわ》らにあるホワイトボードを示した。

そこには、巾着《きんちゃく》のように入り口がすぼまった奥行きのある湾《わん》と、その湾を出たところに、二つの小島が描《えが》かれた、簡単な図面があった。

「これは、今回の夜間演習海域の図面だ。この湾の奥にある輸送船団の泊地《はくち》に、軽巡三隻《せき》と駆逐艦《くちくかん》三隻による水雷戦隊が夜襲《やしゅう》を仕掛ける、という想定の図面だ。

護衛部隊は重巡四隻と駆逐艦二隻で、敵の夜襲が予想されることから、これを迎撃《げいげき》するために泊地を出港する所から始まる」

　提督はそう言うと、赤いマーカーで湾の中から外側に向かって矢印を引いた。

「この赤い矢印が迎撃側の艦隊の行動だ。これに対して夜襲側の艦隊は、この湾内にいる輸送船団を狙《ねら》って突入《とつにゅう》する」

　提督は、今度は青いマーカーで、様々な方向から、湾の中に向かって、いくつもの矢印を引いた。

「夜襲する側は、艦隊を二つに分けて、島の両側から同時に突っ込むも良し、まとめて正面から突っ込むも良し、沿岸に沿って湾内に侵入《しんにゅう》を図《はか》るも良し。その判断も含《ふく》めて演習だ。お互《たが》いに、相手側の内容は知らない。知っているのは審判《しんぱん》だけだ。

　夜間の艦隊行動を取ることから、事故が起きないように、迎撃側と夜襲側の双方の艦隊には、事前にタイムテーブルと作戦計画書を提出してもらう。危険が予想される場合は、計画の変更を求めることになる。艦隊の編制は、演習ごとに随時《ずいじ》組み合わせを発表する。各艦隊は旗艦を決めたら、すぐに作戦計画書の作成に入ってくれ。

　第一回の夜間演習開始時間は、明日《あした》二三〇〇。演習に参加するメンバーは当人だけに追って個別に連絡《れんらく》する。ギリギリまで、お互いに、相手が誰なのかわからないほうが、実戦っぽくていいだろう。この矢印のマーカーの色のとおり夜襲側は青艦隊。迎撃側は赤艦隊と呼称《こしょう》する。模擬弾《もぎだん》のペイントも同じ色だ。

双方共に、作戦計画書を作成し、本日夕刻までに私のところに持って来るように。

演習に参加しない空母、戦艦《せんかん》、潜水艦《せんすいかん》たちには、演習の補助員として様々な仕事をしてもらうことになる。不慣れな業務もあるだろうが、頑張《がんば》って欲しい！

詳細《しょうさい》については、今回の演習計画の細則を担当している霧島《きりしま》に聞いてくれ。

私からは以上だ！」

提督の話が終わったのを見て、総代の赤城《あかぎ》が号令を掛《か》けた。

「気をつけーっ！　敬礼！」

答礼した提督が、講堂を出て行くと、代わりに霧島が立った。

「では、詳細について説明します。作戦計画書は、こちらにあります書式例を見て、書いてください。全体の概容と共に、各艦が、どういう行動を取る予定なのか、五分おきに書いた、タイムテーブルを作ってください。それを見て、こちらで衝突の危険性を判断します」

霧島はそこでコホン、と咳払《せきばら》いした。

「作戦計画書に『バーンと突っ込んで、ガガーンと沈《しず》める』みたいなことを書かれても何のことだかわかりませんので気をつけてください。再提出です」

きらりんと輝《かがや》く眼鏡が、川内と神通に向けられる。

「はい……わかりました」

うきうきしている川内の隣《となり》で、少し肩《かた》をすぼませ、うつむき気味に神通が答えた。


この日の午後、重巡寮にある談話室では、第一回の夜間演習迎撃艦隊に選ばれた四人の重巡艦娘たちが集まって、作戦計画を立てていた。

「相手は間違《まちが》いなく夜戦仮面だね」と、加古《かこ》。

「まだ公表されてないけど、あんなうきうきした顔されてたら分かっちゃいます」と青葉《あおば》。

「日中に目がらんらんと輝いている川内見たの、初めて」と衣笠《きぬがさ》。

「さて、まずは誰が旗艦《きかん》になるか決めないといけないね」と古鷹《ふるたか》。

「私たち迎撃側の赤艦隊は、青葉、加古、古鷹、衣笠の重巡四隻、そして駆逐艦の朝潮《あさしお》と大潮《おおしお》の二隻か……」

「本来なら、青葉が旗艦をやるのがスジなんだけど……」

「青葉は、青葉タイムスの編集とか取材で忙《いそが》しいですからねえ、悪いけど、古鷹さんやってもらえないかな?」

古鷹はしばらく考えた後でうなずいた。

「いいよ、私が旗艦だね。じゃあ、海図を広げて。演習海域の島の位置とかを確認《かくにん》しながら大まかな作戦を立てましょう」

「わかったわ。まずは、テーブルの上にあるお茶のボトルと、お菓子《かし》の袋《ふくろ》どかして！」

「はいはい、衣笠にお任せ！」

衣笠がひょいひょいと手際《てぎわ》よくテーブルの上を片付けると、そこに加古が海図を広げた。

「湾の入り口に、島が二つ。その沖《おき》にも島があるんだ……」

両手にボトルを持ったまま、海図を覗《のぞ》き込んだ衣笠がつぶやくと、古鷹が島を指差して、うなずいた。

「そう、この二つの島が問題ね。湾内への侵入路は三つ。そのどこから突っ込んでくるか、わからないわ。こっちが混乱して突破《とっぱ》されたらおしまいよ。湾の奥には輸送船がいるわ、それを沈められちゃったら負けだから」

衣笠が、持っていたお茶のボトルを湾の奥に置いた。

「ここが輸送船の位置ね」

次に、チョコウェハースの小袋を、三つ持って、二つの島の間にひとつずつ置いた。

「このお菓子が敵。三つ別々に来るかもしれないし……」

衣笠は小袋を三つ縦に並べ替《か》えて、言葉を続けた。

「こうやって、一艦隊にまとまって来るかもしれないわね」

加古は腕《うで》を組んで考え込んだ。

「うーん……侵入路は三つ。その、どれなのかわからないと、迎撃の配置が難しいね。どこから突っ込んで来られてもいいように、こっちの艦隊を三つに分散してしまえば、薄《うす》くなる。かといって、山を張って一箇所《いっかしょ》に配置するのは、外れたら目も当てられない……」

青葉が、悪戯《いたずら》っぽく笑いながら言った。

「川内たちがどこから攻《せ》め込んで来るつもりなのか、情報収集する？　潮《うしお》なら、寮の裏に呼び出して、突っつけば、泣きながら教えてくれるかも！」

「いや……さすがに、そういうのは、やめようよ」

古鷹は、苦笑いを浮かべて顔の前で手を振《ふ》ると、海図を覗き込んだ。

「こういうときは、攻める側に立って考えてみればいいのよ。相手の目的は何か。それは、この湾の奥にいる輸送船。でも、敵は輸送船が湾のどこにいるかはわからない。それを知りたければ、湾の中に入るしかない。

そうやって考えれば、湾へ向かうルートは確かに三つあるけど、湾の口は一つ……どこをどう通っても結局はここを通らなければ、敵は湾の中に入れないわ」

古鷹が指差したのは、湾の入り口の最も狭《せま》くなっている、いわば巾着のヒモでくくられている部分だった。

「そうか、ここに艦隊《かんたい》を配置すればいいってわけだな？」

加古がうなずくと、青葉が持っていたボールペンでそこを突《つつ》いた。

「でも、ここって狭すぎません？　重巡四隻並べるのは無理があると思うんですけど……せいぜい二隻ってところじゃありませんか？」

加古はペットボトルを二本ならべて答えた。

「ああ、だから、ここには二隻が陣取《じんど》って、通せんぼする。他《ほか》のメンバーは、島の外側で警戒《けいかい》にあたる、というのはどうだろう？」

黙《だま》って話を聞いていた衣笠がうなずいた。

「そうね、湾の外側を周回して、敵艦隊の接近をできる限り離《はな》れた場所で察知して、これを叩《たた》く。叩ききれなかった連中を、封鎖《ふうさ》艦隊で叩く。という二段構えがいいかもね」

「それがいいわね、どんな風に分かれるの？」

青葉の言葉に、衣笠と古鷹は顔を見合わせた。

「旗艦は、艦隊を率いるわけだから……前衛警戒《けいかい》艦隊にいなくちゃダメよ」

「そうね、わかったわ。私が加古と朝潮と大潮を率いて、前衛に出ます」

「じゃあ私と青葉が封鎖艦隊っと」

「よし、これでメンバーと役割が決まったから、次は具体的な作戦行動ね。加古、悪いけど、駆逐艦寮《くちくかんりょう》に行って、朝潮と大潮を呼んできてくれない？」

「おっけー！」


迎撃側の赤艦隊が作戦を立てていたその頃《ころ》、夜襲側の青艦隊主力である川内型の三姉妹も、同じように軽巡寮《けいじゅんりょう》の一室で、駆逐艦の潮や漣《さざなみ》、そして朧《おぼろ》たちと一緒《いっしょ》に作戦を立てていた。

「要するに、夜戦ってのは、先に敵を見つけて、ばっ、と動いて、ずばっと抜《ぬ》けるってことなのよ！」

川内の言葉を聞いた潮と朧、そして漣の三人は、困ったような顔で神通を見た。

「あのー、すみません神通さん、川内さんの言っていることって……」

神通は困ったように微笑《ほほえ》んだ。

「そうね、あなたたちには、あれだけじゃ意味が通じないわね。

あれは、つまり、夜戦は、位置がバレても互いの砲撃《ほうげき》精度は低いから、結局は接近戦の殴《なぐ》り合いになる。そして、距離《きょり》が短い殴り合いなら、ポジション取りのための情報が大事……そういうことですね、川内姉さん」

「うん！　そういうことと、そう言ったつもりだけどなあ？」

漣が『言ってない言ってない』という風に身体《からだ》の前で小さく手首を立てて左右に振った。

「具体的には、どうすればいいのでしょうか？」

潮が困ったように聞くと、神通は、少し考えてからゆっくりと言った。

「夜戦の主役は魚雷《ぎょらい》です。小口径の主砲《しゅほう》しか持っていない私たち軽巡や、あなたたち駆逐艦は、砲撃戦で装甲《そうこう》の厚い戦艦や重巡を沈めるのは至難の業《わざ》ですが、魚雷ならそれができます。

でも、魚雷は五千メートル離れた敵艦に命中するまで三分、一万メートルなら六分かかります。魚雷は、敵艦がいるであろう未来位置を計算して発射しなければなりません。発射位置が遠ければ当然命中率は下がります。必中を期すならば、一メートルでも敵艦に近づくことです。

つまり、速度がすべてを決するということです。

進もうか、どうしようか、と迷ったときは前進するのです」

神通の口調は優《やさ》しかった。しかし、その顔には決意が満ちていた。

夜間演習は、次の日の二三〇〇、つまり午後十一時に始まった。

「月齢《げつれい》三・三、月の入りは二一四〇。夜戦には持って来いの暗夜ね……」

演習海域である島の湾口《わんこう》に立って、空を仰《あお》いだ霧島がつぶやいたとき、湾の奥の見回りを終えて、榛名《はるな》が監視《かんし》地点に戻《もど》って来た。

「標的は大丈夫《だいじょうぶ》？　バラバラになってなかった？」

「はい、大丈夫です、ちゃんと浮いていました」

「ドラム缶《かん》を束にして浮かせたイカダだから、結んでいるロープが緩《ゆる》むとバラけちゃいますからね」

「砲撃の標的ならアレでも充分《じゅうぶん》だと思いますけど……魚雷は下を通り過ぎてしまうんじゃないですか？」

「そうよ、通過しちゃうのよ。でも、航跡《こうせき》を見れば、命中したかどうかは判断できるわ。訓練用の魚雷は、酸素魚雷《ロングランス》じゃなくて、普通《ふつう》の空気魚雷にして、航跡が見えやすくなってるの、模擬弾頭《もぎだんとう》がついているだけじゃないのよ」

「へえ、そうなんですか。知りませんでした」

感心する榛名を見て、霧島は笑った。

「私たち戦艦《せんかん》は魚雷を装備したことが無いから、知らなくても仕方ないわ。さあ、そろそろ迎撃《げいげき》側の赤艦隊が湾を出発する頃よ。所定の監視ポイントに向かって」

「はい、わかりました！　榛名はこれより湾入り口第二ポイントに向かいます」

榛名はそう言うと、小さく敬礼して、湾の外に向かった。

今回の夜間演習には、金剛《こんごう》型四隻《せき》が監督艦《かんとくかん》として、要所を警戒することになっている。演習海域の最も外周にある監視ポイントでは、金剛が夜襲《やしゅう》側の青艦隊が近づいてくるのを確認していた。

『こちら金剛デース！　青軍が島に接近してマース！』

無線電話で金剛の報告を受けた霧島が答える。

『霧島了解《りょうかい》！　赤軍も、湾を出ました。計画書どおりですが、展開次第《しだい》でどうなるかわかりません。監視よろしく！』

『金剛了解デース！』

金剛の報告どおり、神通、川内、那珂の軽巡三隻、そして駆逐艦《くちくかん》の潮、朧、漣の三隻、合計六隻の夜襲側青艦隊が、東側から演習海域に入ろうとしていた。

迎撃側の赤艦隊は、旗艦《きかん》である古鷹を先頭に加古、青葉、衣笠、朝潮、大潮の六人が単《たん》縦陣《じゅうじん》で湾の奥から外に向かっていた。

そして湾の入り口の一番狭くなっているところで、青葉が発光信号を送った。

『我レ、離脱《りだつ》シ、コノ地点ニテ警戒ス』

『了解《りょうかい》！』

古鷹が返信すると、青葉と衣笠の二人は針路変更《へんこう》して単縦陣を抜けて、右に出た。残りの四人は、そのまま二つの島の真ん中の中央水道を通って、島の外に向かった。

二時間ほど前まで西の空に掛《か》かっていた三日月は、すでに水平線の下に沈《しず》み、夜空に月の姿は無い。

その暗闇《くらやみ》の中を、相手の位置がわからないまま、二つの艦隊は接近し始めた。

手前の島を確認したとき、川内は後に続く各艦に対し、短く発光信号を発した。

『電探《でんたん》使用開始。敵ノ位置ヲ確認セヨ』

神通と那珂だけでなく、後続の潮も、搭載《とうさい》している二十二号電探を起動した。

ラッパ型のアンテナを前方に向けて電波を発射すると、明らかに敵艦のものと思われる反応があった。

『敵発見！　二時ノ方向、感度強！』

先頭の川内から各艦に位置と方向が発光信号で送られる。

電探は電波を発射してその反射波を捉《とら》えるものだ。当然、その存在は向こうにも明らかになる。

迎撃艦隊《かんたい》を率いていた古鷹は、持っていた電波探知機が反応するのを見て驚《おどろ》いた。

「逆探に反応!? 夜襲チームが電探を使っているってこと?」

「え? うそ! 奇襲攻撃《きしゅうこうげき》じゃ無いの? こ、こっちも電波管制解除! 電探を動かして! 早く!」

古鷹に敵が電探を使用している、と聞いた加古は、あわてて後続する朝潮と大潮に、電探使用を命じたが、立ち上がりが遅《おく》れた。

一方、川内たち青艦隊は、電探で敵の位置と方向を探《さぐ》りながら突入《とつにゅう》して来た。

夜襲における奇襲効果のひとつである『いつ襲《おそ》ってくるか分からない』という利点を失っても、敵の位置情報を先に求めたほうが有利になると踏《ふ》んだのだ。

『感アリ! 敵反応ハ四。大反応二ツ。ソノ後方ニ小反応二ツ追従ス』

神通の報告を聞いた那珂が川内に聞いた。

『湾ノ外ニハ重巡二隻、駆逐艦二隻ノ四隻ノミ。他、重巡二隻ノ所在不明、警戒ヲ要ス』

その発光信号を読んだ川内は、にかっと笑った。

白い歯が夜目にもわかる。

川内は、手に持った発光信号灯を持ち上げようともせずに、大声で叫《さけ》んだ。

「見つけたら、その時のこと！　今はただ、突《つ》っ込め！　それだけよ！　全艦全速！　いっけぇえええ！」

川内は一気に速度を上げた。


この時、互《たが》いに相手を発見したのは同時だった。だが、電探を作動させて、自分たちの位置を知られることを恐《おそ》れて電波管制を敷《し》いていた古鷹たち赤艦隊は、敵艦隊の正確な情報を得るまでに時間が掛かった。

電探で方位を確認《かくにん》し、古鷹たちが砲口《ほうこう》をそちらに向けたその時、川内を先頭に、夜襲《やしゅう》艦隊が突進《とっしん》してきて、反航戦の形で通り抜けざまに魚雷を発射した。

通常ならば砲撃戦も同時に行うのだが、川内たちは主砲を一発も発射しなかった。主砲の発射炎《はっしゃえん》により、自分たちの位置を知られるのを避《さ》けるためである。

砲撃を仕掛《しか》けない川内たちの行動を見て、古鷹は直感した。

「避《よ》けて！　避けてっ！」

「え？　何が？」

「魚雷よ！　砲撃戦の発射炎を目標にされる前に、あいつら魚雷を撃《う》ったに違《ちが》いないわ！」

「変針！　各艦一斉左回頭！　魚雷を避ける！」

古鷹の決断は早かった。そしてこの決断が、古鷹たち赤艦隊主力の四人を救った。

川内たちの放った魚雷《ぎょらい》すべてを回避《かいひ》したのだ。

だが、この魚雷回避運動のために、赤艦隊の単縦陣は大きく乱れてしまった。

そして、それこそが川内の狙《ねら》いだったのだ。

「魚雷が当たれば大当たり！　当たらなくても、敵が道を空けてくれれば大当たり、ってね！　湾への道が開いた！　全艦全速！　次発装填《そうてん》を行いながら、湾の中に突っ込む！ついてこいっ！」

川内を先頭に、夜襲艦隊が湾内に飛び込もうとしたその時。

湾の入り口にある岬《みさき》の近くで、閃光《せんこう》が輝《かがや》いた。

「敵艦発見！　敵、主砲発射！」

神通の報告と、川内の目の前の海面に白い大きな水柱が立つのは同時だった。

「そうはいかないよっ！」

「青葉、見つけちゃいましたぁ！」

湾の入り口で待ちかまえていた衣笠と青葉が、川内たちの前に躍《おど》り出た。

陸に近すぎて、電探の電波が岬の反射波にまぎれて、確認できなかったのだ。

戦闘《せんとう》は、そのまま至近距離での主砲の撃ち合いへともつれ込んだ。

川内たちの魚雷は、さっきの赤艦隊《かんたい》主力に向けて発射してしまっている。次発装塡を急ぐが、それをさせまいと、衣笠と青葉が立て続けに主砲を撃ち込んできた。

重巡《じゅうじゅん》の二十センチ砲《ほう》の威力《いりょく》はさすがで、先頭の川内、神通に立て続けに命中した。

ペイント弾《だん》なので、艤装《ぎそう》に破損は無いが、川内と神通が主砲命中の印である真っ赤な液で染め上げられ、小破・中破の判定が出る。

「くそう！」

「ね、狙い撃ちされました！」

川内が後ろを振《ふ》り返り、艦隊の状態を確認する。

――那珂は、まだ至近弾《しきんだん》を受けているだけで、直撃《ちょくげき》は皆無《かいむ》。神通は中破判定。潮と朧《おぼろ》は次発装塡中で、砲撃にまで手が回らない状態。漣《さざなみ》は器用に魚雷の次発装塡を右手でやりながら、左手に持った連装砲をつるべ撃ちに連射している。

川内は素早《すばや》くそれを見て取ると、那珂に向かって叫んだ。

「那珂っ！　突撃《とつげき》っ！　駆逐艦と一緒《いっしょ》に中央をすり抜《ぬ》けて！」

「はーいっ！　那珂ちゃんセンター！　いっきまーすっ！」

那珂が後続する駆逐艦に向かって『我レニ続ケ』と発光信号を送りながら隊列を離《はな》れ、湾内に向かって突進を開始した。

「やらせないよ！」

衣笠が那珂たちに主砲《しゅほう》を向けるのを見て、川内が叫んだ。

「こっちもやらせない！　食《く》らえーっ！」

川内の十四センチ単装砲が、立て続けに衣笠に命中した。

青いペイントが、煙突《えんとつ》と艤装に散るのがわかる。

「ええい邪魔《じゃま》するなっ！」

「青葉にお任せっ！」

青葉の主砲弾が、損傷判定を受けている川内と神通に集中する。その隙《すき》に衣笠は加速して、那珂たちを追う。

だが、衣笠が阻止砲撃《そしほうげき》を撃ち込もうとしたその寸前に、那珂たちは、標的に向かって、必殺の魚雷《ぎょらい》を発射していた。

「那珂ちゃん！　一番乗りだよぉ！　魚雷発射ぁ！」

那珂の魚雷八本、潮、朧、漣たち駆逐艦の魚雷十八本、合計二十六本の魚雷が、それぞれの艦から扇形《おうぎがた》に放たれた。

駆逐艦たちは本来、三連装魚雷発射管三基を装備しているので、一艦あたり九本の魚雷を発射できる。だが、次発装塡が間に合わず、各艦六本しか発射できなかったのだ。

だが、扇形に放たれた二十六本の魚雷は、白い航跡を残して真っ直《す》ぐに標的であるドラム缶《かん》のイカダに向かって突進し、その下を潜《くぐ》り抜けた。

ドラム缶のイカダの上に置かれた判定装置が働き、掲《かか》げられていた白い旗が次々に倒《たお》れていくのが夜目にもはっきりと見えた。

「やったあ！　轟沈《ごうちん》！　轟沈だぁ！」

喜ぶ那珂を見て、衣笠が舌打ちをする。

「ちっ！　やられた！　……でも、このまま帰しはしないよ！」

「砲撃《ほうげき》も雷撃《らいげき》も。青葉にお任せ！」

湾内をぐるりと回ってくる那珂に砲塔《ほうとう》を向けたとき、沖合《おきあ》いから、一本の光の筋が、雷撃を終えて離脱針路に入った那珂たちを照らし出した。

雷撃をかわすために針路変更して、戦闘に加われなかった古鷹たちだった。

左目の上に装備された探照灯を照らして、古鷹が叫んだ。

「左舷《さげん》、砲雷撃《ほうらいげき》戦、用意！」

後に続いている加古も、後を追うように叫んだ。

「おっしゃあ！　ぶっ飛ばす！」

衣笠と青葉の砲撃を食らって中破判定が出ているが、川内はめげずに言い返す。

「上等！　押し通る！」

「通すもんか！　こっちは無傷だ！　沈められるものなら沈めてごらん！　艦隊！　各個に撃て！」

古鷹率いる迎撃艦隊が、主砲を発射し始めたとき、神通が叫んだ。

「油断しましたね！　次発装填済みです！」

その声と共に発射されたのは、魚雷発射管一基分の四本だけだった。だが、その四本は真っ直ぐ古鷹たちに向かって突き進んでいく。

「退避《たいひ》はしない！　たった四本の魚雷など増速してやり過ごす！　加古！　ついてこい！　朝潮と大潮は、左に回り込め！　いくぞ！」

古鷹と加古は、主砲を撃ちまくりながら速度を上げた。

その後についていた朝潮と大潮は、魚雷を避けるように左に回頭する。

重巡四隻《せき》に、挟撃《きょうげき》されるような形で、川内たちと那珂が急接近する。

「やれーっ！　全砲門咄嗟射撃《ぜんほうもんとっさしゃげき》！」

「針路そのまま！　体当たりしてでも沈《しず》める！」

ほとんど接近戦に近い状態で、激しく砲撃し合うのを見て、金剛が、笛を吹《ふ》いて照明《しょうめい》弾《だん》を打ち上げた。

「ハーイ！　そこまで！　ストップ！　ストップ！　戦闘中止デスネー！」

十万燭光《しょっこう》と言われる一式吊光弾《ちょうこうだん》が湾《わん》の上空で発光し、あたりを真昼のように照らし出した。川内たちも、古鷹たちも、ボロボロで、お互いの演習弾の直撃を受けて、赤や青に染め上げられている。

採点表を抱《かか》えた霧島が、湾の奥からやって来て、まだ興奮冷めやらぬ川内たちと、古鷹たちを見て、微笑《ほほえ》みながら言った。

「双方《そうほう》の敢闘《かんとう》精神見事なり！　これから判定会議が行われ、演習結果は鎮守府《ちんじゅふ》に戻《もど》ってから発表します！」

神通が心配そうに聞いた。

「湾内に突入した那珂たちの魚雷は、命中していますか？」

霧島の隣《となり》にいた比叡《ひえい》が、にっこり笑ってうなずいた。

「私が島の山の上に陣取《じんど》って、上から魚雷の航跡《こうせき》をしっかり見ていたから、胸を張って言えるわ。湾内の輸送船十二隻中十隻が、魚雷二本以上命中として撃沈《げきちん》判定。残りの二隻も大破判定で間違《まちが》いないわね」

「やったぁ！」

川内がガッツポーズで叫んだ。

「はい、では、これより、鎮守府に帰還《きかん》します！　各艦は舷側灯《げんそくとう》を点灯し、衝突《しょうとつ》事故を起こさぬように注意して航行してください！」

霧島の言葉を継《つ》いで、金剛がにっこり笑って鎮守府の方向を指差して言った。

「ハーイ。帰路はあっちデース！　鎮守府に戻るまでが演習デース。気を緩《ゆる》めないでくださいネ？」


演習に出ていた艦娘《かんむす》たちが鎮守府に帰還したのは、午前四時を過ぎた頃《ころ》だった。

夜明け前の漆黒《しっこく》の闇《やみ》の中を鎮守府まで戻って来た艦娘たちは、まず艤装を外して、そのままシャワールームへと飛び込んだ。

「演習はいいよねえ、演習は、入渠《にゅうきょ》と違ってシャワー浴びたら、無傷だものね」

「でも、顔も手も真っ赤！　アイドルは顔が命なんだからぁ、こういう姿は見せたくないよねー」

「今回も狙い撃ちされました……早く染料《せんりょう》を落としたいです……」

川内型の三人がそんなことを言い合っていると、おずおずと駆逐艦《くちくかん》たちが入って来た。

「失礼します……」

「潮、入ります……」

軽巡や重巡たちがシャワーを使っているのを見て、小さくなっている駆逐艦たちを見て川内が言った。

「ほらほら、演習の後は、敵も味方も艦種も関係無しで裸《はだか》の付き合いなんだから、遠慮《えんりょ》してないで、さっさと空いているブースに入ってシャワー浴びちゃいなよ！　風邪《かぜ》引くよ？」

「は、はい、実は……シャワー浴びたくてうずうずしてました……」

「軽巡の皆《みな》さん……重巡のお姉さん……あの……お世話になります」

朧と潮、漣、そして朝潮と大潮がシャワーブースに飛び込んで、熱いシャワーを浴び始めた。

「ああうーぃ！　演習後のシャワーって、ぽかぽかしますねえ」

「作戦を全《まつと》うできてよかったです……」

駆逐艦たちがそんなことを言い合っている反対側にあるシャワーブースでは、重巡たちがシャワーを浴びていた。

「あーくそ、眠《ねむ》い。緊張《きんちょう》がほぐれたら、むっちゃ眠い……シャワー浴びたら、先に寝《ね》てもいい？」

「ダメよ加古！　演習の採点結果を受けて、指摘《してき》された問題点に対し『あの場合どうすればこの結果は避《さ》けられたのか』という方策を書いた報告書を出さないと、演習は終わったことにならないのよ？」

「えー？　そういうのは後で書くからさあ……ダメ？」

「もう、仕方ないなあ……わかったわ、私が書くわ、でも部屋に戻っちゃダメよ？」

「サンキュー、古鷹！」

二人の会話を聞いていた青葉が、笑いながらシャワーカーテンの隙間《すきま》から首を突《つ》っ込んできた。

「青葉、聞いちゃいました！　相変わらず古鷹は、加古に甘いようで……」

「甘いわけじゃないけど……ほうっておけないのよ、加古って……」

シャワーカーテンの隙間に首を突っ込んでいる青葉の隣に衣笠が割り込んできた。

「それが甘いというのよ。でも、その甘さも古鷹のいいところだもんね」

「まあね、同じ重巡洋艦《じゅうじゅんようかん》の仲間だもの、お互《たが》い様だものね」

古鷹は、そう言った後で、ちょっと怪訝《けげん》な顔になって、隣のシャワーブースのカーテンをめくった。

そこでは、加古が立ってシャワーを浴びたまま寝ていた。

「なんか静かだな、と思ったら、これよ……」

「しかし、器用ですねえ」

「ほら！　起きろ！」

「え？　あ、いけない、寝てた？」

「うん、寝てた……せめて服着てから寝て欲しいわね。素《す》っ裸《ぱだか》で寝られたら、こっちが困るわ！」

「青葉、写真を撮《と》っちゃいますよ？」

「やめろよ！　この変態野郎《やろう》！」

「嫌《いや》なら、さっさと出て、服を着るのです！」

「あー、このまま部屋に戻りてえ……」

シャワーを浴びて、演習弾の染料や、砲撃の硝煙《しょうえん》の煤《すす》を洗い流した川内たちと古鷹たちは、着替《きが》えると、鎮守府の中にある小会議室へと向かった。

小会議室では、提督《ていとく》と、審判員《しんぱんいん》である金剛たち四人が待っていた。

「失礼します！」

一礼して会議室に入って来た川内たちと古鷹たちは、艦隊《かんたい》ごとにまとまって座った。

霧島が進み出る。

「ではこれより、夜間大演習第一回の演習結果を裁定します。

青艦隊の作戦目的は、湾内《わんない》奥に停泊《ていはく》中の輸送船団の殲滅《せんめつ》と脱出《だつしゅつ》。

そして赤艦隊の作戦目的は、輸送船団の安全確保と、襲撃《しゅうげき》してくる敵の殲滅です。

輸送船団の損害状況《じょうきょう》は、十二隻中十隻が轟沈、残りの二隻が大破。実質上の船団壊滅《かいめつ》と判断し、青艦隊の作戦目的は達成されたと見ていいでしょう」

霧島の説明を聞いていた川内が、きょとんとした顔で聞いた。

「それって……もしかして私たちが勝利ってことでいいの？」

「はい、作戦の目的はほぼ完璧《かんぺき》に達成しました、その点においては勝利です」

「やったあ！　勝利だ！」

椅子《いす》から立ち上がってガッツポーズをする川内を見て、霧島は苦笑いを浮《う》かべて言った。

「判定は、まだ途中《とちゅう》です。これから最終判定結果をお伝えします。席に座って」

「あ、はい、すみません」

川内はばつが悪そうな顔になって、そのますとん、と椅子に座った。

霧島は、にっこり笑うと、判定結果の発表を続けた。

「それに対する赤艦隊ですが、作戦目的である輸送船団の安全確保には失敗しましたが、青艦隊の川内、神通を大破せしめました。

また、脱出途中の那珂、及《およ》び潮、朧、漣に対し、湾の外で待ちかまえていた古鷹、加古、朝潮、大潮の赤艦隊主力が戦闘行為《せんとうこうい》に及ぶ、と考えると、那珂たちにも甚大《じんだい》な被害《ひがい》が出ることが予想されます。

以上のことから考えるに、青艦隊の攻撃《こうげき》は成功、しかし、脱出は失敗。赤艦隊は、輸送船団護衛に失敗、しかし、艦隊迎撃《げいげき》には成功。という結果になったと思わざるを得ません。

この勝負は引き分けと判定します！」

霧島の言葉を聞いた川内が、がっかりしたようにつぶやいた。

「あーあ、勝ったと思ったのになあ……確かにボロボロだったから仕方ないけど……」

その言葉を聞いた古鷹が、立ち上がった。

「あら、とことんやっても良かったのよ？　そうなったらあんたら全員入渠になっちゃうから、手加減してあげたんじゃない！」

「なによ！　途中で止められたから、魚雷撃《ぎょらいう》たなかっただけで、こっちの駆逐艦たちは三人ともまだ魚雷を持っていたんだからね！　潮と朧と漣、三人の魚雷九本撃ち込めば、どう転んだかわかりゃしないわ！」

「それを言うなら、こっちも同じよ！　私だって青葉だって魚雷持ってたし、探照灯で照らされたあんたらに逃《に》げ道なんかなかったんだから！」

「探照灯なんかいい的よ！　穴だらけにしてやるんだから！」

にらみ合う川内と古鷹を見て、提督が腰《こし》を上げた。

「よし、二人ともそこまで！　川内もそうだが、古鷹も……うちの艦娘は、闘志《とうし》満々なのが多いなぁ」

さすがに提督に直接言われたのが効いたのだろう、川内も古鷹も、顔を赤くして下を向いた。

「皆さん、裁定に不服はありませんネ？」

金剛の問いに、攻撃側艦隊と迎撃側艦隊の全員がうなずいた。

「では、これをもって、第一回夜間大演習を終了《しゅうりょう》します。お疲《つか》れ様でした！」

「気をつけっ！」

霧島の号令で全員が立ち上がる。

「敬礼っ！」

提督は答礼して、金剛と榛名、そして比叡を連れて小会議室から出て行った。

後に残った霧島が、川内たちに言った。

「戦闘詳報《しょうほう》を書いたら、寮《りょう》に帰って寝ていいわよ。全員、今日は当直の明け番と同じ扱《あつか》いになるから、朝の点呼と食事前の朝清掃《せいそう》は免除《めんじょ》。午前中の業務も免除ね。お昼ご飯は人数に入っているけど、起きて来られたら、で構わないわ。夜の点呼は免除にならないから気をつけて」

古鷹が、言いにくそうな顔で聞いた。

「あの……戦闘詳報は、寝て起きてから書いちゃダメですか？」

霧島は難しい顔になった。

「そうねえ……提出期限は、今日の執務《しつむ》時間内だから、それまでに書ければいいけど、まだ演習の記憶《きおく》がしっかりしているうちに、簡単な流れだけでも書いておいたほうがいいと思うのよね。書類書きを後回しにして、寮に帰ってベッドで寝て、夕方に起きたら、細かいことを全部忘れちゃって、困っている人を何人も見てきたから」

「そうですか……わかりました」

古鷹がそう答えて隣《となり》を見ると、早くも加古が、かくん、と頭を垂れて居眠《いねむ》りをし始めていた。

「あちゃあ、加古が、轟沈《ごうちん》しちゃった」

「こうなるんじゃないかって思ってた……どうする？　古鷹」

「いいわ、寝かせておきましょう、加古の分は私が書くから」

重巡四人組は、机に突っ伏《ぶ》して寝息《ねいき》を立てている加古をそのままにして、戦闘の流れについて書き始めた。

川内たちも、頭を寄せ合って戦闘の流れを話し合っていたが、やがて、まっさきに川内が机に頭を載《の》せて寝息を立てた。

那珂もぼんやりとして、声をかけても反応を示さない。

駆逐艦《くちくかん》たちはとっくに轟沈してしまっている。

神通は、小さくため息をつくと、戦闘詳報の下書きを始めた。

――何だかもうみんな限界みたいね。忘れないうちに、ささっと簡単にメモ書き程度に書いて、駆逐艦たちだけでも寮に戻《もど》さないと……。

やがて、神通と古鷹だけを残し、それ以外の全員が寝息を立て始めた。

神通は自分のペンの音しか聞こえないのに気がついた。

見ると、古鷹はペンを握《にぎ》ったまま寝ていた。

――ダメだわ、私も、限界かも……。

そして、ついに神通の手からペンがぱたっ、と落ちた。

小会議室の扉《とびら》が開いたのはそれから数分ほど過ぎた時だった。

顔を見せたのは、長門《ながと》と金剛四姉妹、そして赤城と加賀だった。

長門は、金剛たちに目配せすると、そっと駆逐艦たちに近づいた。

「おい、潮、こんなところで寝ると風邪《かぜ》を引く、寮に戻るぞ！」

「ふぁい……」

長門は寝ぼけている潮をひょい、と持ち上げて背中に背負った。

「ひぁい……すみません、ながとすぁん……」

金剛が漣を背負い、霧島が朧を、比叡が朝潮を、榛名が大潮を背負う。

「よし、駆逐艦寮まで連れて行くぞ。赤城と加賀は、こっちの連中を起こして、寮に戻るように言ってくれ」

「わかりました」

赤城は、そう言ってうなずくと、書きかけの報告書を前にして、くぅくぅと寝息をたてて眠《ねむ》っている古鷹たちに近づいた。

だが、軽く声をかけて、身体《からだ》を揺《ゆ》すっても、誰《だれ》も起きない。

加賀も、同じように川内たちに声を掛《か》けたのだが、こっちも同様である。

赤城と加賀は、しばらくうろうろ歩き回ったが、やがて、顔を見合わせて、諦《あきら》めたようにため息をついた。

「……どうしましょう？」

「このままにしておくわけにはいきません……私に考えがあります、ついて来て……」

そう言って小会議室を出て行く加賀の後を、赤城が追った。

数分後、毛布を抱《かか》えて戻って来た赤城と加賀は、小会議室で寝《ね》ている古鷹や川内たちに、毛布を一枚一枚かけて回った。

窓の外は白々と明け始め、あちこちからスズメの鳴き声が聞こえて来る。部屋の中を見回した加賀が、窓に近づいてカーテンを引くのを見て、赤城が会議室の電灯を消した。

二人は顔を見合わせて小さくうなずくと、足音を忍《しの》ばせて、会議室から出て行った。


この日以降、鎮守府《ちんじゅふ》の小会議室の隅《すみ》には毛布と枕《まくら》が積まれ、ドアに誰かが「夜間演習者専用仮眠《かみん》室・Don't Disturb」と書いた紙を貼《は》った。

誰が紙を貼ったのかは不明だが、その紙に書かれた文字は、漣の字によく似ているというのが、もっぱらのウワサだった。

あとがき

スニーカー文庫読者の皆《みな》さん、はじめまして。銅《あかがね》大《だい》です。

この本は、コンプティーク二〇一四年一月号から連載《れんさい》開始となった、艦隊《かんたい》これくしょん、略称《りゃくしょう》『艦《かん》これ』のノベライズ小説の連載分に書き下ろしを加えた短編集で、スニーカー文庫ですでに刊行されております艦これの書き下ろしノベライズ『一航戦、出ます！』と同じ設定と世界観で描《えが》かれております。

この『とある鎮守府《ちんじゅふ》の一日』が『一航戦、出ます！』と大きく違《ちが》うのは、あちらが空母の赤城《あかぎ》と加賀《かが》をはじめとした鎮守府の総力をあげての戦記小説となっているのに対して、こちらの物語は、艦娘《かんむす》たちの鎮守府における日々の暮らしや活動を取り上げた、どこかのんびりとした日常生活のお話がメイン、ということです。

艦娘は、深海棲艦《しんかいせいかん》と戦うのがお仕事ですが、のべつまくなしに戦っているわけではありません。それに、深海棲艦と戦えるすごい力を持っているといっても、彼女たちも中身は普通《ふつう》の女の子です。日常ではおしゃべりをしたり、皆と騒《さわ》いだり、おいしいものを食べたり食べたり食べたりしているのです。

といっても、ここで書いてあることだけが、艦これのすべてではありません。小説の夕イトルにもありますように、あくまで『とある鎮守府』での艦娘と提督《ていとく》の物語です。艦これを楽しむ提督ひとりひとりの心に、各自の『とある鎮守府』があり、それぞれ違ったドラマが展開していることでしょう。

この本は、艦娘の生活を私と椎出啓《しいでけい》、そして鷹見一幸《たかみかずゆき》の三人で分担して執筆《しっぴつ》しております。私たち三人は広島県・長野県・埼玉県《さいたま》に分かれて住んでおりますが、艦これ提督としては横須賀《よこすか》鎮守府で活動しております。

そして私たち三人が書いた文章に、素敵《すてき》なイラストをつけてくださっているのがこるりさんです。文章担当の三人はいずれもこるりさんのファンで、執筆しながら、頭の中で、この場面にこるりさんが、どんなイラストをつけてくれるかしらと、楽しみにしております。それなら毎月、もうちょっと早く原稿《げんこう》を提出しろとおしかりを受けるかもしれませんが……そこは、えー、はい、がんばります！

それでは最後に謝辞を。原作であり、私も含《ふく》む多くの提督のために艦これ運営をがんばっておられる「艦これ」運営鎮守府と、毎月お世話になっているコンプティーク編集部とスニーカー編集部の方々に感謝を。そしてこの本を手に取ってくださった皆さんにお礼を。

この本が、皆さんの艦これ世界を少しでも広げる一助になれば、幸いです。

（横須賀鎮守府のアカガネダイ提督こと）執筆者を代表し、銅　大

艦隊《かんたい》これくしょん　―艦《かん》これ―
とある鎮守府《ちんじゅふ》の一日《いちにち》

著	椎出《しいで》 啓《けい》・鷹見《たかみ》一幸《かずゆき》・銅《あかがね》 大《だい》
協力	「艦《かん》これ」運営鎮守府《うんえいちんじゅふ》
	角川スニーカー文庫　18583
	2014年6月1日　初版発行
発行者	山下直久
発行所	株式会社KADOKAWA 〒102-8177 東京都千代田区富士見2-13-3 電話　03-3238-8521（営業） http://www.kadokawa.co.jp/
編　集	角川書店 〒102-8078 東京都千代田区富士見1-8-19 電話　03-3238-8694（編集部）
印刷所	株式会社暁印刷
製本所	株式会社ビルディング・ブックセンター

落丁・乱丁本は、送料小社負担にて、お取り替えいたします。KADOKAWA読者係までご連絡ください。（古書店で購入したものについては、お取り替えできません）

電話 049-259-1100（9:00～17:00／土日、祝日、年末年始を除く）
〒354-0041 埼玉県入間郡三芳町藤久保 550-1

Printed in Japan　ISBN 978-4-04-101524-7　C0193

★ご意見、ご感想をお送りください★

〒102-8078 東京都千代田区富士見 1-8-19
株式会社KADOKAWA　角川スニーカー文庫編集部気付
「椎出 啓」先生 ／「鷹見一幸」先生 ／「銅　大」先生
「こるり」先生

角川文庫発刊に際して

角川源義

第二次世界大戦の敗北は、軍事力の敗北であった以上に、私たちの若い文化力の敗退であった。私たちの文化が戦争に対して如何に無力であり、単なるあだ花に過ぎなかったかを、私たちは身を以て体験し痛感した。西洋近代文化の摂取にとって、明治以後八十年の歳月は決して短かすぎたとは言えない。にもかかわらず、近代文化の伝統を確立し、自由な批判と柔軟な良識に富む文化層として自らを形成することに私たちは失敗して来た。そしてこれは、各層への文化の普及滲透を任務とする出版人の責任でもあった。

一九四五年以来、私たちは再び振出しに戻り、第一歩から踏み出すことを余儀なくされた。これは大きな不幸ではあるが、反面、これまでの混沌・未熟・歪曲の中にあった我が国の文化に秩序と確たる基礎を齎らすためには絶好の機会でもある。角川書店は、このような祖国の文化的危機にあたり、微力をも顧みず再建の礎石たるべき抱負と決意とをもって出発したが、ここに創立以来の念願を果すべく角川文庫を発刊する。これまで刊行されたあらゆる全集叢書文庫類の長所と短所とを検討し、古今東西の不朽の典籍を、良心的編集のもとに、廉価に、そして書架にふさわしい美本として、多くのひとびとに提供しようとする。しかし私たちは徒らに百科全書的な知識のジレッタントを作ることを目的とせず、あくまで祖国の文化に秩序と再建への道を示し、この文庫を角川書店の栄ある事業として、今後永久に継続発展せしめ、学芸と教養との殿堂として大成せんことを期したい。多くの読書子の愛情ある忠言と支持とによって、この希望と抱負とを完遂せしめられんことを願う。

一九四九年五月三日